レジェンドノベルス
LEGEND NOVELS

# 城主と蜘蛛娘の戦国ダンジョン 1

contents

レジェンドノベルス
LEGEND NOVELS

# 城主と蜘蛛娘の戦国ダンジョン 1

# 序章

今や大手門は破られ、陣鐘の音に励まされた敵兵どもが、そこから暴虎馮河（ぼうこひょうが）の勢いで雪崩込んでいた。

柵の内には、車軸を外した荷車や乱杭（らんぐい）、拒馬が幾重にも置かれていたが、敵の勢いの前で、それらはあまりにか細げに見えた。

私はクレイ・ゴーレムとヴァンパイア、そして鈍く銀色に輝くアラクネに守られながら、兵たちが敵の突進に立ち向かうのを見ていた。

栗毛（くりげ）のミノタウロスに指図された数名のミュルミドンが、伏せていた長柄槍（ながえのやり）を一斉に構えて騎馬の敵を跳ね飛ばし、腰刀を抜いたゴブリンが落馬した者どもに駆け寄って滅多刺しにした。

突然、煙の中から騎兵が飛びだしてきた。ゴーレムが私を守って立ちはだかろうとしたが、その者は既に身に三本の矢を受けていて、恐ろしい声を上げながらそのまま通り過ぎてしまった。

友軍であるヌバキ族のゴブリンたちは実に数多くの矢を放ち、風切り音が周囲に響いた。私は、ゴブリンの一人が敵兵の首を見事に射貫くのを見た。直後にそのゴブリンも忍び寄ってきた徒歩（かち）の者に腹を刺され、呻（うめ）き声を上げて崩れ落ちた。

三人の敵が私たちに気づき、おめきながら走り寄ってくるのを、ヴァンパイアたちが牛刀のような爪で切り裂いた。

返り血を浴びたヴァンパイアが振り返り、

「そろそろ退き刻と思うが」

と問いかけてきた。

私は躊躇(ためら)った。

「いや、まだだ」

今更ながら、地下迷宮に後退するのが正しいとは思えなかった。

なるほど、迷宮に退がれば長く戦えるかもしれぬ。だが、ただ迷宮に引き籠るだけならば、敵は態勢を立て直して改めて攻め寄せてくるだろう。後詰めなき迷宮戦ではいずれ敗北は免れない。退くならばもっと敵を消耗させ、引きつけてからだ。

「ならぬ。今暫(しばら)く踏み留まれ」

私は叫ぶように答えた。

「承知した」

ヴァンパイアは無表情に答え、再び敵へ視線を移した。

肉と木の焦げる臭いが充満している。

鎧(よろい)の綿噛(わたがみ)が肩に食い込み、気になって仕方がなかった。

# 第一章　迷宮にようこそ

自我の覚醒と同時に膨大な情報が流れ込んできて、瞬時に私は自分が何者か悟った。

私は魔王軍西部西域軍に属する自律型根拠地設営精霊、識別番号丙三〇五六号。地脈の龍穴に設置される、標準的な量産型中規模拠点精霊だ。

勤勉な私は、迷うことなく記憶野から自分に課せられた任務を閲覧した。

**命令「貴精霊は当地で地下防御陣地を構築し、敵軍の攻撃を可能な限り阻止せよ」**

これが私の存在意義らしかった。

続いて私は与えられた地誌情報を閲覧した。

私が設置された場所は、まばらに広がる地脈の細い流れの末端にあった。龍穴も小規模で、汲（く）み取（と）れる魔素（マナ）はたかが知れている。私は軽い失望を覚え、慌ててそれを打ち消した。私は拠点精霊。私に感情はない。

　私は気を取り直して意識野を拡大した。頭上一面に荒野が広がっている。私が配置されたのは、『鼎（かなえ）の同盟』と称する、人間、エルフ、ドワーフの三族神聖連合に加盟するエルメア王国、その東の辺境の半乾燥気候の荒原地帯らしかった。暑熱と寒冷の差が著しく、植生は僅かで樹木は一本もない。それ故か、ほとんど開発もなされていない。
最も近い街道まで北に十里、知的種族の棲息地まではそこから街道沿いを西に二十里。それ以外に人工物らしいものは何もない不毛な無人地帯だ。つまり、この地域の戦略的価値は高くない、というより低い。最も低いと書いて最低である。友軍情報によれば、この戦区に配された我が軍は私だけらしかった。何年も前に投入されたはずの現地工作員との連絡はとうに途絶えていた。私は再び失望を味わい、そしてなんとか努力してそれを否定した。私は感情を持たない拠点精霊であるからだ。

私は真面目で勤勉な精霊なので、任務は果たさなければならない。

私が閲覧を許された戦略情報は多くはない。その限られた情報によれば、エルメア王国は先年の我が軍の攻勢と焦土戦により、前国王が戦死し国土は荒廃に帰した。今は同盟国の支援を受けて軍を再建している最中だ。魔王軍情報軍団の分析によれば、王国軍の反攻は約三万五千時間後、街道沿いが敵の支作戦正面のひとつになる公算が大きいという。

ようやく、私は自分の作戦上の地位を認識した。私は友軍の防衛準備のための時間稼ぎの遅滞陣地なのだ。平たく言えば、こんなど辺境の地で、孤立無援で、敵軍を可能な限り引きつけて捨て奸せいといわれているのだ。

巫山戯るなよ司令部の馬鹿野郎どもめ、お前ら全員死んでしまえ、なんて思ってはいけない。拠点精霊に感情はない。

当面、転移魔法でできた地中深くの小さな空間に置かれた私の拠点は、私自身である魔結晶石、魔素を魔力に精製する魔力炉と召喚門しかない。門といっても門柱も門扉もないでこぼこの床に引かれた魔法円に過ぎない。その円が淡く輝き、何者かが浮かび上がってきた。

最初に出てきたのは、背の丈三尺ほど、二足歩行の蛙のような輪郭の胴体を持つインプだった。鉤爪に強大な力を秘めた逞しい上腕と精密で繊細な細工をなす上腕の二対の腕を備えた、疲れを知らぬ使い魔。鶴嘴や円匙など様々な土工木工の道具を突っ込んだ猫車を押している。戦闘には不向きな職魔だが、自分の掘った塹壕で死ぬ覚悟は持っている。拠点設営に不可欠の存在だ。

続いて、十尺ほどの粘土を捏ね上げた不格好な人形が浮かび上がる。私の護衛を務めるクレイ・ゴーレム。彼らは私を守って死ぬ最後の盾だ。

私の頼もしくも誇らしい手勢の召喚はしかし、拍子抜けするくらいすぐ終わった。インプ五名にクレイ・ゴーレム三名。え、桁が足りなくないですか、なんて思ってはいけない。これが司令部が送ってくれた全戦力。現状、司令部が転送できる精一杯の勢力なのだろう。後は、私自身がこの痩せた土地から魔素を産出して召喚しなければならない。

快調な滑りだしとは言えない。より正確に言うと最悪だ。私は泣きたくなった。しかし、絶望してはならない。だいたい私には涙腺も泣く機能もない。私は自律型根拠地設営精霊丙三〇五六号。私に感情はない、はずだ。

兎に角行動を起こさねばならない。私は拠点精霊用に定められた作戦行動規定に従い、端末を起動させた。

端末は、怠惰で狷介な魔物どもを指揮するために必要な手段だ。ただの光る石ころの指揮に喜んで服する者はいない。

魔力炉から魔力が召喚門に流れ込み、人型の影が浮かび上がる。紺の甚平に竹細工の雪駄。背丈は五尺五寸、青灰色の肌の禿げ頭、顔の下半分は髭に覆われ、ぎろりとした目玉の中年魔族、これが私の端末だ。

呆然と突っ立っている男の脳に埋め込まれた小さな魔石に、私は自分の仮想人格を転写した。男が痙攣して激しく頭を前後させる。が、十秒もしないうちに動きを止め、咳き込むように息を吐いた。

私は慣れぬ五感の感覚をゆっくり楽しみながら、自分の体を見下ろした。

我ながら冴えない容貌だ。どうしてこんな外見を選んだかというと、単純に選ぶのが面倒で、外見例で一番最初に目についたものだからだ。分身選びに時間をかけるのは無粋であろう。

嘘です。失敗しました。もう少し熟慮すべきでした。華冑な家の美丈夫とか、妖艶な美女とかにすればよかった。おまけに作成に費やす魔力を節約するために、膂力も魔力も戦闘技能も強化していない。ただのしょぼくれた中年男。棒で殴られたら簡単に死ぬ。

そこで私は我に返った。容姿に関して後悔の暇はなかった。部下たちが私の命令を待っている。私の本体の青白い光の中、インプの無表情な複眼が、クレイ・ゴーレムの目鼻も定かならぬ顔が、凝っと私を見つめている。

私は胸を張ると、できるだけ威厳を込めて、就役して初めての命令を下した。

「現時点より、拠点の普請に入る。現在地を本陣とする。作業頭を三つ設定する。本陣を基点にインプ一号、二号は東、インプ三号、四号は南に通路を掘開せよ。通路の規格は根拠地規格で地下交通壕二型を基準とする。インプ五号は本陣の拡張と掘開した壁の補強だ。細部は現地で指示する。ゴーレムはそれぞれ各作業頭の警備だ。掛かれ」

果たして通じたのか。長いようないたたまれない沈黙の後、部下たちが一斉に動きだした。良かった、通じた。行動を開始した彼らを眺めて私はやっと安堵を覚えた。

それから七百時間、私は延々と迷宮の拡張に努めた。インプは魔素を含んだ土を掘り、本陣まで運んで魔力炉に卸下する。魔力炉は土塊から精製した魔力を蓄積していく。貯めた魔力を消費して迷宮の施設を整え、魔物を召喚し、迷宮を強化するのが私の当面の仕事だ。私は魔力を費やして次々にインプを召喚し、召喚されたインプは更に迷宮を拡張していく。私は何故かこの単純な反復作業に夢中になっていた。第一、頭を使わずに済む。

インプの数が八十名を超えて、私はやっと気を取り直して迷宮設営の次の段階に取り掛かることにした。ついに兵魔を召喚するのだ。何を召喚するのかは決めていた。私の参謀を務められるだけの知恵があり、最前線で部隊を指揮できる中級兵魔。私はゴーレムを従えて召喚門の前に立つと、呪を唱えた。

やがて、召喚門が穏やかに光りだした。インプ召喚で何度も見た光景だが、緊張で喉が強張る。息を詰めて見守る中、すっと人影が浮かび上がり、魔法円から踏みだした。

おお、なかなかの美女。思わず嘆声が漏れた。

齢の頃二十五あたりか、黒髪を振り分けにし、細い面立ちに線を引いたような細い目の奥に黒い瞳、白い肌に薄めの紅の唇、白小袖に黒地に紅葉模様を散らした打掛を腰巻にし、赤い鼻緒の女下駄を履いた爪先を用心深く地面に下ろした。

やがて顔を上げた女は、私を認めるとにっと笑って柔らかい動作で頭を下げた。

「命により参上いたしました。アラクネのテラーニャでございます。迷宮主様であられましょうや」

涼やかな声色が耳に心地よい。

「よろしく、この迷宮の指揮官三〇五六号だ」

「こちらこそよろしうお願い申し上げます」

私はほっとした。絡新婦(じょろうぐも)を選んだのは間違いではなかったようだ。好戦的で暴力的な魔物を召喚するのはちょっと怖かった。だが、このテラーニャとならうまく付き合っていけそうだ。

「ようございました」

「何が」

「お優しそうな主様(ぬしさま)で」

和やかに微笑(ほほえ)んだ。何故(なぜ)か私も嬉(うれ)しくなった。

「ところで、主様」

「お、おう」

「妾(わたし)の寝所はどちらでございましょうや」

「ああ、こっちだ」

「いえ、場所さえ教えていただければ、自分で参ります」

「大丈夫。すぐ近くだから」

実際、部下の寝床として用意した部屋はすぐ近くだ。私は、ゴーレムを残して本陣南側の大部屋に彼女を誘(いざな)った。

「ここだ。好きな場所で休んでくれ」

一町半もある大広間だ。この日に備えて、インプたちに丹念に床を真（ま）っ平（たいら）に整地させた自慢の部屋だ。壁と天井に嵌（は）めた光石が仄（ほの）かな光を放っている。

だが、何故（なぜ）かテラーニャが顔面を僅かに引（ひ）き攣（つ）らせた。

「どうした、何か問題が」

「主様」

声が固い。

「ここで、妾に雑魚寝せよと仰（おっしゃ）るのですか」

「え、駄目か」

彼女の眼（め）が吊（つ）り上（あ）がる。どうやら愚問だったようだ。

「しかも夜具もない土間に」

「あ、ああ、それは気が回らなんだか。すまぬ」

インプもゴーレムも塒（ねぐら）を必要としていなかったので、考えたこともなかった。インプは迷宮の隅で勝手に寝るし、ゴーレムは魔法生物なのでそもそも睡眠を必要としない。

「すぐ寝所の内装を整えてくださいまし。土間などもっての外でございます。それに、部屋を仕切る壁かせめて衝立（ついたて）を。取（と）り敢（あ）えずは板間の二畳ほどに薄縁（うすべり）で十分でございます」

「ああ、しかし、時間がかかる」

「どうしてです」

「いや、まだ工房も作ってなくて」

「え、工房もなしに妾を呼んだのですか」

「すまん」

「もしかして厨房(ちゅうぼう)も」

「ああ、食料は地中で捕まえたデス・ワームの干し肉がある。幾らでもあるぞ」

全長二、三尺程度の環形動物だ。狂暴で身体(からだ)の両端を跳ね上げて敵を威嚇し嚙(か)みついてくるが、動きが鈍いのでインプでも簡単に捕まえることができる。

「食ってみるか。なかなか美味(うま)いぞ」

ぴしりと空気が割れる音がした気がした。テラーニャが物凄(ものすご)い眼(め)でこちらを睨(にら)みつけている。私にも、彼女が怒っていることだけは理解できた。

テラーニャが仁王立ちして、仮面のように無表情な顔で地面を指さし厳かに告げた。

「主様、正座」

凄(すさ)まじい気を感じて、私は素直に彼女の前に正座した。

「今まで何をやってこられたのですか」

「いや、色々と不足なのは認める。だが、この地の魔力は乏しい。贅沢(ぜいたく)をする余裕は」

「黙って」

私の言い訳を彼女は一喝して消し飛ばした。

「はい」

「主様、この迷宮は兵を集めるにはあまりに準備不足。部下は主様のために死を賭して戦います る。もう少し、我らの待遇に気を使ってくださいまし。これは福利厚生以前の問題です」

「はあ」

「まず、工房と鍛冶場をお作りなさいませ。それができたらインプを働かせましょう。まずは建材を生産し、部下たちを迎えるために寝床を整えねば。鍛冶仕事のためにザラマンダーを召喚するのもよろしうございましょう。インプたちにも良い道具を持たせねばなりません。それから、厨房を作って兵糧の甘露を作りましょう。本格的に部下を召喚するのはそれからでございます」

「魔力が幾らあっても足りんぞ」

「主様、弱音を吐かれますな。なんとかするのが迷宮主の甲斐性でございませぬか。それまでは、妾も不本意ながら土の床と地虫の肉で我慢いたしましょう」

「わ、わかった」

「それと」

「まだ何かあるのか」

「主様、臭うございます」

わざとらしくテラーニャが手を鼻に当てて眉を顰めた。

「そうかな」

私は擦り切れて泥に汚れた甚平の袖を嗅いだ。何処が臭いのだろうか。

「あい、まことに臭や臭や」

テラーニャは大袈裟に顔を歪ませた。

「最後に風呂を使われたのは何時でございます」

「え、風呂だと。そんなものここにはないぞ。時々、湧き水で顔を洗うくらいはする」

正確にはこの迷宮に湧き水などない。だが、湧き水があれば、私は確実に顔を洗うだろう。だから、嘘は言っていない。

テラーニャの白い肌が、血の気が失せてもっと白くなった。

「主様、何時から風呂を召されておられぬので」

彼女がもう一度尋くので、

「テラーニャよ」

私は曇りない眼をテラーニャに向けた。

「あい」

「これにはわけがある」

「どのようなわけでございますか」

「一月風呂に入っていないとな、脂で身体が防水になる」

「きいいいいっ」

血相変えた絡新婦の唇から鋭い威嚇音が響いた。

「いや、待ってくれ、水はある。しかも大量に。銭湯を始められるくらい」

私は不機嫌なテラーニャを宥めようと両手を振った。こういうのを無駄な抵抗、蟷螂の斧という。彼女が本気なら、私は一瞬で引き裂かれるだろう。

「何処に水がありますの」

汚物を見るような視線が私を突き刺す。めげずに私は彼女に手を差し伸べた。

「こっちだ、案内しよう」

近くで仕事をしていたインプに鶴嘴を持って付いてくるよう命じた。交通壕を西に五丁ほど歩くと、下層に続く斜坑が口を開けている。その前に立って、

「こっちだ。地均ししておらぬ。滑らぬよう気をつけよ」

テラーニャが頷くのを確かめて、先に立って歩きだした。

「この通路は何ですの」

テラーニャが訊いた。

「下層に続く連絡壕だ」

「まあ、縦深陣地でございますか」

初めてテラーニャが感心したふうな声を出した。

「ああ、幸い本陣が地中深くにあるからな。本陣の層を中心に、下に一層、上に一層造った。これから更に上へ向かって掘り進む。地表まであと三層は造れるだろう」

「まるで蟻の巣ですわね」

「うむ。蟲人の地下要塞を参考にした。ただし、崩落しても下層を埋めぬよう、各層を螺旋状に編成する。兵を籠めれば十分に戦えるはずだ」

「その肝心の兵も陣地も段列もないではありませぬか。運良く今まで敵に見つからなかったから良いようなものの、豪胆なのか抜けておられるのか」

テラーニャの小言に思わず笑い声が出た。

「まあ賭けだな。この辺りの地脈は貧しく、上は木一本生えていない荒野だ。どうせ航空竜騎兵による定期偵察くらいで、地上偵察などほとんどないと踏んだのだ」

「だからこちらも警戒していないというわけですか。無謀ではありませぬか」

「この土地は貧しい。これくらい無茶をしないと、埒が明かぬ」

「それでも冒険者と呼ばれる敵性住民が浸透してくる可能性はございますでしょう。奴らは何処にでも入り込むと聞いております」

「うむ、そなたの言う通りだ。今までは運が良かった。それ故にそなたを呼んだのだ」

斜坑の屈曲点で私は足を止めた。

「ここだ」

「これは」

テラーニャが怪訝な顔をした。仕方ない。見たところはただの変哲もない岩肌だ。

「ほれ、触ってみよ」

私は岩肌に手を置いて顎をしゃくった。テラーニャがそっと岩肌に掌を置いた。ほんの一瞬、糸のような眼が僅かに開いた。

「岩が震えていますね。それに、温かい」

「わかったか」

「主様、これは」

「下層へ続く交通壕を掘ってる途中で見つけた。地下水脈。しかも温水だ」

私はテラーニャの顔を見てにっと笑った。

「風呂に入れるぞ」

「主様」

テラーニャが怪訝な顔をして、

「水があると御存知なら、どうして水路を引かれませなんだ」

「うむ、そこだ」

私は大きく頷いて、

「水量が読めない。迷宮が水没する恐れがあった。だから、縄張りの一部を変更して、下層を丸ごと溜桝にした」

「溜桝とはいかほどでございますの」

「うむ、ざっと五、六百万石分はあろうか」

「それほどに」

テラーニャは呆れた声を上げた。

「だからこのままにしておいた。今日までは」

「今日まで、とは」

テラーニャの問いに答えず、私は付いてきたインプ二名に振り向いて頷いた。長い付き合いでインプはすぐに私の意図を察し、きいと一声鳴いて鶴嘴を構えた。

「主様」

テラーニャが顔色を変えた。

「何をなさるのです」

「うむ、今からここに」

岩肌をどんと叩いて、

「穴を開ける」

私の言葉にテラーニャがひっと小さい悲鳴を上げた。

「主様、落ち着いて。迷宮が水没したら如何なさいます。それにもし熱湯なら」

「いや、私は風呂に入るに心を決めた。お前も風呂を望んだであろうが」

「そんな。危のうございます」

「うまくいけば、迷宮の水の供給は一挙に解決できる」

「水を得るならもっと穏やかな方法が幾らでもありましょうに」

「テラーニャよ、これも賭けだ」

「賭けではございませぬ。これは無謀」

「差し迫った状況では常に無謀が深慮を上回る」

「誰の言葉ですか」

「私だ」

「主様、臭いと言ったこと、謝ります。本当に臭かったのです」

テラーニャが泣きそうな声で叫んだ。

「謝罪になってないぞ、それにもう手遅れだ」

私がインプに向けて手を振り下ろすと、間髪入れず鶴嘴が勢いよく岩を叩いた。

私とテラーニャが見守る中、岩を叩く金属の音が斜坑に鳴り響いた。

「いけるか」

何度目だっただろうか、ついに何かが漏れる音がして、岩肌から勢いよく水が迸った。続いてもう一筋。

「おお」

水飛沫に触れた手に熱を感じた。

「どうだ、テラーニャ、これで風呂に入れるぞ」

「ええ」

テラーニャが引き攣った笑顔を見せた。

「いいぞ、どんどん掘れ」

私は調子に乗ってインプを励ました。鶴嘴が叩きつけられるごとに、水の流れはどんどん太くなる。

「主様、その辺りで」

テラーニャがそっと声をかけたのと、インプらが動きを止めたのはほぼ同時だった。

「どうした」

インプたちは互いに顔を見合わせていたが、ふいに、

「きっ」

短く一声鳴くや、来た道を兎のように駆け去っていった。

「待て、何処へ行く。戻ってこい」

「主様」

インプたちを呼び止めようとした私は、テラーニャの引き攣った声に振り返った。

「なんだ」

「あれを」

テラーニャが湯を噴きだす岩肌を指さしている。鶴嘴で縦横に罅が入った岩が小刻みに躍っている。大音量の警報が私の脳裏に鳴り響いた。

これは危ない、すぐ逃げなければ。頭の何処かで悲鳴が上がっているのに、足は竦み上がり、目は岩に魅入られたように釘づけだ。

やっと足が状況を理解して動きだそうとした瞬間、岩が崩れる鈍い音がした。

「わっ」

轟音とともに、決河の勢いで水が襲いかかってきた。なんとか踏み止まろうとした足が呆気なく払われ、私は激流に呑み込まれた。

ああ、これはもう駄目だ。溺れる暇もなく水流に揉まれ、岩肌に叩きつけられて私は死ぬ。風呂に入る手間が省けた。

そんな間の抜けたことを考えていた私の左手が、くんと引かれた。見れば、銀色に輝く糸が私の手首に巻き付いている。その向こうに、手をこちらに伸ばしたテラーニャが見えた。

「主様」

「テラーニャ」

叫ぼうとしたが大量の水が口に入って声が出ない。出るのは泡が噴きでる音だけだ。

その間にも、私の体はゆっくりと引き上げられていく。凄まじい膂力だ。テラーニャの細腕がぐいぐい私を引き寄せていった。やっと乾いた土の上まで引きずられた私は、膝と手をついて盛大に水を吐いた。

「主様、大事ございませぬか」

涙の浮いた目を声に向けると、テラーニャが心配そうな顔で膝をついている。

そのときになってやっと、テラーニャが掌から糸を出して私を助けたことを知った。

「ああ、礼を言う」

立ち上がろうとしたが膝が嘲笑う。テラーニャに手を取られてなんとか立ち上がり、

「助かった。流石は絡新婦だな」

「絡新婦と呼ぶのはお止めくださいまし。妾はアラクネでございます」

テラーニャが冷え冷えとした声でいった。

「あ、ああ、わかった。アラクネだな」

私はそう言い直して、改めて激流を見やった。先ほどより勢いが落ちているが、それでも結構な水量だ。

「どうやら賭けに勝ったようだな」

テラーニャに笑いかけた。

「こんな危ない真似はもうお止しになってくださいまし」

「ああ、わかった。心配をかけたな。それより」

「何か」

「ここから半丁ほど下った左側の壁に退避壕を掘っている。そこまで付き合ってくれるか」

「あれですか」

斜坑の奥へ眼を凝らしたテラーニャが訊いた。

「夜目が利くのか」

「アラクネでございます故」

ちょっと得意そうにテラーニャが鼻を蠢かせた。

「この上更に何があると言われるのです」

「行けばわかる」

水は踝の上辺りを流れている。私はテラーニャに支えられて、慎重に斜坑を降りていった。

「おう、ここだ」

退避壕に入ると、中は十畳ほどの広間になっている。本来は戦闘用ではなく、斜坑を掘り進むインプの作業拠点として掘った壕だ。

思った通りいい具合に湯が溜まっている。少し泥で濁っているが、贅沢はいけない。

「本来の目的であった湯浴みといこうか」

私は汚れた甚平を脱いで下帯ひとつになると、即席の湯船に身を沈めた。

「うむ、少し温いが、なかなかの湯加減」

見上げると醒めた顔でテラーニャが私を見下ろしている。

「お前も入らぬか、びしょ濡れではないか、そのままでは風邪を引く」

「こんなところでですか」

「工房ができたら、筒を作って下層まで掘り抜いて水を汲み上げよう。そうすれば真っ当な風呂も作れる。だが、今はこれが唯一の風呂だ」

テラーニャはひとつ溜息をくれると腹を括った顔をして、

「わかりました」

　するすると着物を脱いで、襦袢ひとつになると、そっと湯に足を入れた。私から一番遠い隅っこに。私は少し傷ついた。

　肩まで浸かったテラーニャが優しく溜息をついて、小さく微笑んだ。

「ほんに良い湯でございます」

　暫く互いに無言でいたが、やっとテラーニャが呟くように口を開いた。

「主様」

「何だ」

「もしかして、気づいておられませんので」

「そういう私を試すような物言いは止めてくれぬか」

　テラーニャはちょっと鼻白むと、

「水の流れとともに魔素が流れ込んでおります」

「え、まことか」

「御自分でお確かめになられませ」

　頭の中を探ると、確かに魔力炉に蓄積される魔力の上昇量が僅かだが増加している。

「おお」

　私は思わず声を上げた。

「主様が水脈の流れを変えたせいでございましょう」

　テラーニャがにっと笑う。

「なんということだ」

「おめでとうございまする」

「礼を言わねばならぬ。テラーニャのお陰だ」

私は立ち上がった。柄にもなく高揚していた。

「いえ、妾は何も」

「そんなことはない。お前が風呂に入れといったお陰だ」

私はテラーニャに歩み寄った。

「もっと早くお前を召喚すべきであった」

「主様、何を」

「こういうときは抱き合って喜ぶものだろう。さあ」

私は両手を広げた。次の瞬間、テラーニャの眼(め)が吊(つ)り上(あ)がった。

「主様、それ以上近寄ると足首を砕きますよ」

「すまん、調子に乗っていた」

そうですよね、下帯一本のおっさんに笑顔で近寄られたら誰だって嫌ですよね。私だって嫌です。私はすごすごと後ろに退がった。

気まずい。気が大きくなってテラーニャの機嫌を損ねてしまったようだ。最初に召喚した部下に嫌われてしまった。魔素流入の喜びも何処(どこ)かへ飛んでいった。二の句が継げず、私は俯(うつむ)いて湯面を眺め続けた。時間の流れが重い。

ふいに、テラーニャが呟(つぶや)くように言った。

「主様」

「はいっ」

反射的に顔を上げていた。彼女が機嫌を直してくれるなら、私は尻毛だって抜いてみせる覚悟だ。

「まだ主様の御名(おんな)を聞いておりません」

「え、言わなかったか。丙三〇五六号だ」

「それは識別番号でございましょう。妾が聞きたいのはお名前です」

私は答えに窮した。

「通称か愛称でも良(い)いのです。番号では味気のうございます」

「え、いや、考えたこともなかった」

私は腕を組んで首を傾けた。

「何もないのですか」

テラーニャは呆(あき)れ返(かえ)った顔をして私を見ている。

「いや、特には」

どうしよう。これ以上、テラーニャの心証を損ねるのはまずい。『死を司(つかさど)る絶望の黒翼ジークフリード』はどうか。いや、駄目だ。芥虫(あくたむし)を見る眼(め)で見られる。だからといって適当な名前も論外だ。『あ』なんてやる気のない名にしたら絶対に怒られる。

長考の末、私は降参することにした。

「自分の名など思いつかん。だいたい、名前なぞ自分で付けるものではなかろう。そうだ、テラーニャが付けてくれ」

「え、妾が」

「うむ、良(い)い名を頼む」

「そんな」

テラーニャが口を引き結んで俯(うつむ)いた。やばい。更に御機嫌を損ねてしまったか。

「今すぐというわけではない。私は別に番号でも構わんのだ」

取り繕うように言ったが、テラーニャは無言で下を向いている。これ以上は何を話しても失点を重ねるだけだ。とうとう、私たちは二人して黙り込んでしまった。

結局、先に逃げたインプたちが私ら二人を救助するためにゴーレムを連れてくるまで、彼女は一言も喋(しゃべ)らなかった。


寝所に入ったテラーニャは、両手から糸を繰りだして側壁に即席の繭を作り、そのまま入ってしまった。

私は大急ぎで本陣に戻ると、彼女の言葉通り工房作りに取り掛かった。魔力炉の前に立って低く呪を唱える。魔力炉から魔力が流れだし、空間に物質転換炉が現出した。

連隊段列用の転換炉二型は、渡り二間ほどの野戦釜を伏せたような安っぽい外観をしているが、魔力を費やして各種規格の魔樹製の建材や金属の延金(のべかね)等、様々な資材を生みだすことができる。

私はゴーレムに転換炉を担がせて北の大部屋に置くと、インプを二十名選んで工房を作るよう命じた。インプらが早速取り付いて側面の取りだし口から建材を引きだし、鋸(のこ)を使って工房で使う作業机や棚を作り始めた。しかし、満足している暇はない。

やることは多い。もっとも、テラーニャに言わせれば、とっくにやっていなければならなかったことだ。彼女が不貞寝（ふてね）してる間にやれるところまでやらなくては。

私は本陣に取って返すと、今度はザラマンダーを召喚した。

ザラマンダーはその名の通り六尺ほどの筋骨逞（きんこつたくま）しい直立する蜥蜴（とかげ）のような姿をしている。ただし、全身は鱗（うろこ）ではなく岩で覆われ、身体（からだ）のあちこちから炎を吹きだし、眼球のある場所には小さな炎が灯（とも）っているだけだ。

「ザラマンダーのギランだ。命により参上した。お主が我が大将か」

「ああ、挨拶はいい。来てくれ」

時間がない。私はザラマンダーを急（せ）かして早足で工房へ向かった。

「御大将よ、本陣のクレイ・ゴーレムと普請のインプどもの他に兵はいないのか」

「一人いるが、今は寝ている」

ギランの問いに私はもどかしく答えた。

「なんと、大将を働かせて自分は寝ておるのか」

私は苛立（いらだ）たしげに振り返ると、切羽詰まった目でザラマンダーを見上げた。

「事情を説明している暇はない。事態は切迫している」

私は苛立（いらだ）っていた。今なら素手で古竜に喧嘩（けんか）を売れる気分だった。

「お、おう」

ギランが僅かに及び腰になった。

「いいか、今すぐ鍛冶場を設えてもらわねばならん。インプもゴーレムも転換炉も備蓄魔力も好きに使っていい」

「うむ。鍛冶がザラマンダーの本分故、異論はないが」

「頼む。お前の働きにこの迷宮の将来の全てが掛かっている。お前がどれだけ迅速に、どれだけ立派な鍛冶場を作れるかに、この迷宮の運命が掛かっているのだ」

「そこまで我を買っていただいておられるか」

ザラマンダーは感動した面持ちで言った。

「そうだ」

事情を説明するのももどかしい。

(テラーニャがそう申していたからな)

私は工房の隣の大部屋に入って、足を止めた。

「ここだ。好きに使え」

ギランは驚いたように部屋を見回し、

「このような広い部屋を」

「うむ、すぐに掛かってくれ」

ギランが姿勢を正し、不敵な笑みを浮かべた。

「承ったぞ、大将よ。最高の鍛冶場を作ろう」

「頼んだぞ。手伝いのインプを連れてくる」

「大将、ひとついいか」

部屋を出ようとした私をギランが呼び止めた。

「どうした」

「鍛冶場を構えたら、何から作れば良いのか。剣か、鏃か」

「取り敢えず小隊用設営工具一式と釘だ。インプどもは作業机や備品棚を寄木で作っている。あれでは時間がかかりすぎる。それと送水管と喞筒、濾過器も要る」

「何、喞筒とな」

水を汲み上げる絡繰のことだ。

「インプに下層の溜桝まで掘り抜かせる。そこから水を汲み上げ、この階層に浴場を作る」

私の言葉を聞いたギランが物凄く阿呆な顔をした。きっと彼の目にも私が極め付きの阿呆に見えているに違いない。

「何のために」

「説明してる暇はない。いいか、細かいことは任せた。工房の転換炉から鉄鋌でも真鍮でも欲しいものは幾らでも出していい」

私はそれだけ言い残すと、本陣へ戻った。

後は厨房の手当てだけだが、もう魔力炉の備蓄魔力は尽きかけている。供給量は上がったが、工房の転換炉が動いている状況では魔法の大鍋を出すまでにはまだ時がかかる。

当面、やることがなくなったので、私はデス・ワームの干し肉に手を伸ばした。取り敢えずは飯だ。腹が減っては頭が動かない。肉の体は不便だ。テラーニャには美味いと言ったが、この体を得てから地虫しか食ったことがないので、美味いかまずいかわからない。だが、あのときのテラーニャの顔色を見れば、多分美味くはないのだろう。やはり一日も早く賄所を作って甘露を供給できる態勢を作らねばならない。

労働力に問題はないが、インプの数は将来的に百は必要だろう。重作業をこなすゴーレムももっと必要だが、それには魔石に呪を刻む魔装具職人を都合する必要がある。

ああ、そうだ、兵魔も召喚しなければ。畜生、やることが多すぎる。改善されたとはいえ、魔力の供給が限られる現状では、何を最優先に進めるのかよく吟味しなければ。

こういう様々なことを相談したくてテラーニャを呼んだというのに、私はテラーニャに嫌われてしまった。

私は自分の迂闊を呪った。だが、落ち込んでいても始まらない。食事を終えたら工房と鍛冶場の様子を見にいかなければ。

そのとき、ふいに暗闇の中から声がした。

「主様」

ぎくりとして振り返ると、テラーニャの白い顔が闇の中に浮かんでいる。私は地虫の肉を慌てて呑み込んで立ち上がった。

「テラーニャか」

本陣に入ってきたテラーニャは、凝っと私の顔を見ていたが、意を決したようにやや上気した顔で厳かに告げた。

「ゼキ」

「は」

よく聞き取れなかった。

「ゼキです」

「ぜき、とは」

テラーニャが小さくむっとした顔をした。

「もう、主様の御名でございます」

「あ、ああ」

私はやっと気づいた。

「昨日からずっと考えていたのか。それはすまぬことを。適当な名でよかったのに」

「とんでもない。この迷宮を統べる御方の名を決める大任を任されたのです。熟考を重ねるなというほうが無理というもの」

「そうか、ゼキか。良い名だ。かたじけない」

そんなことで一晩悩んでいたのか。心配して損をした。名など記号と同じ、識別の用を足せばいいなんて口が裂けても言えない。

「お気に召していただき、良うございました」

テラーニャが口角を上げてにっと笑った。私もつられて思わず笑ってしまった。

「それと」

テラーニャが恭しく折り畳まれた布を差しだした。

「主様の新しい御召し物でございます」

手に取ると、鈍色の甚平と下帯、それに雪駄だった。

「これはどうしたのだ」

「妾の糸で織りました。今の御召し物はもうすっかり擦り切れておりますので」

私は甚平を広げた。

「素晴らしい。たいしたものだ」

「さあ、お召し替えなさいませ。妾は後ろを向いておりますので」

「お、応」

私は言われるままにいそいそと着ている服を脱ぎ、テラーニャの編んだ下帯を締め、甚平を羽織り、最後に雪駄に足を入れた。軽く柔らかく肌に馴染んだ。

「テラーニャ、見てくれ、どうだ」

振り返ったテラーニャの顔にぱっと喜色が浮かんだ。

「ようお似合いでございます」

「ん、そうか。とても良い着心地だ。少し派手やかな気がするが」

実際、テラーニャお手製の甚平は迷宮内の微かな明かりを反射して鈍く光った。

「迷宮の主たる者、それくらい華やかでいていただかなくては我らが困ります」

確かに今までの格好では迷宮に迷い込んだ流民と言われても否定できない。

「そうか」

「アラクネの糸は髪より細く鋼より強うございます。常の衣服としてお召しなられませ。替えの甚平と下帯も編みましょう。特に下帯は毎日替えられますよう」

有無を言わせぬ口調だった。

「うむ、承知した」

「はい」

テラーニャが嬉しそうに笑った。

私は心中秘かに胸を撫で下ろした。どうやら嫌われているわけではなかったようだ。そう思うと無性に嬉しくなってきた。

「礼をしたいが、何か望むものはあるか」

口を滑らせてから、しまったと悔やんだ。

「いや、この迷宮は未だ貧しく、与えられる褒美などたかが知れているが、将来、迷宮がもっと大きくなれば、お前の望みに応えられるかもしれぬからな」

私は慌てて付け加えた。

「褒美でございますか」

テラーニャは眉を寄せて考えるようであったが、ちらりと私に視線をくれ、

「烏滸がましいお願いではありますが、ひとつございます」

遠慮がちに言った。

「何だ、何が所望だ。何でもいいぞ、私ができることであれば」

「あの、その」

言いにくそうにテラーニャは俯いていたが、

「主様の生き血を」

「へ」

「生き血をいただきとうございます」

「生き血、ですか」

聞き返した私にテラーニャが顔を上げ、すまなそうに見つめてきた。

「妾はアラクネでございます。生き物の精気を吸って糧とする化生でございます。人の食べ物を食することもできますが、やはり生き物の精に勝るものはございません」

そうだった。アラクネは獲物の温かい血を好む。そして、今迷宮でそんな生き物は私しかいない。

「生き血を飲み干したいというわけではございません。一合、一合ほどでよいのです」

言ってしまって後悔したのか、悄気返る(しょげかえる)テラーニャを見て私は覚悟を決めた。これで彼女が喜ぶなら安いものだ。尻の毛を毟(むし)れと言われるよりずっとましだ。

「うむ、わかった」

「やっぱり駄目でございますよね、身のほど知らずでございました。申し訳ありませぬ」

「いや、血を吸ってもよいぞ」

「え」

テラーニャの糸のような眼(め)が僅かに見開いた。

「よろしいので」

「あまり痛くしないでくれ」

「あの、まことによろしいので」

上目遣いで探るように訊(き)いてくる。

「まことによろしいから、好きなように吸うがいい」

テラーニャは大きく深呼吸すると、すっと私に歩み寄って、

「それでは、お頸をお傾けになって」

「こうか」

「あい」

テラーニャが両手を伸ばして私の首筋にしがみついた。ふわりと甘い匂いが鼻孔をくすぐった。唇の間から小さく尖った歯が並んでいるのが見えたが、不思議と不安は感じなかった。

彼女は私より二寸ほど背が低い。自然、私は前屈みになった。あまり胸は豊かではないな。嗅覚を刺激されたせいだろうか、私は不謹慎なことを考えていた。

やがて、傾けた首筋にテラーニャが唇を寄せ、かぷりと嚙みついた。

唇が触れたところに熱を感じたが、恐れていた痛みはなかった。血を吸われている感覚もない。甘嚙みされているだけなのではと私は訝しんだ。が、テラーニャの鼻息を肌に感じて、吸われているのだろうと察した。

それよりも、テラーニャにぶら下がられている形のせいで、腰の痛みのほうが深刻だった。テラーニャの細い腰を抱けば楽になれるのだが、彼女とはそんな仲ではないので手を回すのは躊躇われた。

何を話せばいいのか、何をすればいいのかわからず、私は間抜けな案山子のように立ち尽くした。

どれほどの刻が経ったかわからないが、やっとテラーニャが身体を離した。唇がべとりと赤く濡れているのを見て、私は間抜けにも、やはり血を吸われていたのだと納得した。

「ご馳走さまでした。美味しゅうございました」

頬を桃色に染めたテラーニャが口を拭って微笑んだ。

「お粗末さまであった」

気の利いた台詞が思いつかなかった。

「ほほ」

私の頓馬な返事に、テラーニャは声を上げて笑った。

「大丈夫でございましたか」

「うむ、全く痛くなかった」

「アラクネは、獲物が暴れぬよう、牙先から弱い麻痺毒を出します故」

私は首筋にやった手を見つめた。指先に僅かに乾いた血がこびりついている。

「ふむ、血も流れておらぬ」

「妾の唾には僅かながら血を止める効能もございます」

「なるほどのう」

私は少し感心した。

「あの、御加減は如何でございましょうや。眩暈などございませぬか」

「いや、大事ない。この体はもともと血の気が多いらしい」

「それはよろしうございました」

そう言って、テラーニャが深々と頭を下げた。

「返す返すも礼を申します」

「気にするな、これからも時々は吸っていいぞ」

「よろしいので」

テラーニャが面を上げた。

「構わん。これで私の副官が元気になるのであれば、むしろこちらから頼みたいぐらいよ」

「まあ」

テラーニャが驚いたような困ったような始末に負えぬ顔をしたので、私は無性に楽しくなってきた。

「さあ、普請場を見に行こう。今、工房と鍛冶場を作っている。そうそう、ザラマンダーを召喚したぞ。存外に気のいい奴（やつ）でな。今張り切って鍛冶場の支度を整えてるはずだ」

私はテラーニャの手を引いて、本陣を出た。

# 第二章　ブラックドラゴンへの道

「殿様」

薙刀(なぎなた)を手にしたナーガ兵が、本陣の陣幕を開けて入ってきた。一丈余の蛇身に、何処(どこ)となく人間に似た顔と二本の逞(たくま)しい腕(かいな)を持った魔物だ。夜目が利き、敏捷(びんしょう)で狭所での戦闘に長じている。テラーニャと相談して迷宮の主力として召喚した。今は十名ばかりだが、いずれより多く召喚することになるだろう。

「どうした、ネスイ」

テラーニャと絵図面を広げて迷宮の縄張りを相談していた私は顔を上げ、そのナーガの名を呼んだ。

ネスイは陣笠形(じんがさなり)の兜(かぶと)の庇(ひさし)を上げると、

「バイラ殿が殿様にお越し願いたいと」

「どうした」

「三の丸の普請場で一大事が出来(しゅったい)いたしました」

三の丸は本陣のある本丸の二つ上の階層で、インプの半数を投じて拡張している区画だ。

「承知した。案内(あない)せよ。テラーニャ、一緒に来てくれるか」

「あい」

私は地面をゆっくり這(は)いずるスライムを避けて本陣のある階層から延びる斜坑を上がり、

「一大事とは何だ」

松明(たいまつ)を手に先導するネスイに訊(き)いた。

「来ていただければわかり申す。兎(と)に角(かく)、迅(と)くお越しくだされ」

肝の太いナーガが身震いし、松明(たいまつ)の火の粉が微(かす)かに舞う。嫌な予感しかしなかった。


二つ上の階層に着くと、篝火(かがりび)の薄明かりの中に人数が蹲(うずくま)っていた。インプ六名とナーガが三名。暗闇の中でも、皆が浮足立っている気配が手に取るようにわかった。ここは階層の拡張のための交通壕(ごう)を掘り進めている場所だ。

「バイラ殿、バイラ殿はいずこ」

テラーニャが闇に向かって呼んだ。

「殿のお越しです。早う御前(おんまえ)に来られませ」

「さん候」

低く太い声がして、墨を溶かしたような闇が動いて起(た)ち上がった。

身の丈八尺の巨体が私を見下ろしている。栗色(くりいろ)の毛で覆われ、筋骨の盛り上がった体軀(たいく)に雄牛の頭のミノタウロス。左右に広がる漆黒の双角が鈍く光った。鉄の面具に鉄板を打ちだした胴鎧(どうよろい)を着け、八尺の金撮棒(かなさいぼう)を肩に担いでいる。このミノタウロスは、その巨軀(きょく)に似合わず杖術(じょうじゅつ)の細々(こまごま)した小技に長(た)けている。

「どうした、何があった」

「インプが見たそうな」

憮然とした口振りだ。

「何をだ」

「龍でござる。物見したナーガによれば、確かに龍だったそうだ」

龍だと。私は怪訝な顔をした。私が受け取った戦略情報には、この地域に龍がいるような情報も兆候もなかった。

龍は、竜の永遠の敵対者と伝説が語る神話級の邪悪な怪物だ。翼も脚もなく、蛇のような細長い胴をくねらせて泳ぐように空を飛ぶ。速さでは竜に遅れをとるが、攻防力と運動性で勝る。格闘戦に持ち込まれれば竜は為す術もない。魔王軍にも蒼龍級六頭を筆頭に数十頭の龍が寄騎し、戦略打撃軍団の中核のひとつに数えられている。

が、三の丸の隣に寝ているのは野生の龍だろう。野生の龍は独特の価値観を持ち、性格は独善孤高で狂暴、腹が空いているとか、目障りだとか、太陽が黄色かったからとか、他愛もない理由で街を襲い、他種族を殺す。

数十年前、東方軍がネタリア地方の鎮撫任務中に遭遇した野生の古蒼龍は、交戦に及んだ一個師団を壊滅させ、魔王軍は討滅に十個師団を投入する羽目になった。

私は目の前が真っ暗になった。

「そうだ、とはどういうことだ」

気を取り直して私は訊き返した。別の何かと見違えたのではないのか。例えば育ちすぎたデス・

ワームか何かと。

「それがしは見ておらぬ。それがしが駆けつけたときにはもう、怯(おび)えたインプどもが早々に穴を塞いでしもうた後であったわい」

私はバイラが不機嫌な理由がわかった。

ミノタウロスは誇り高く縄張り意識が強い。己の縄張りに闖入者(ちんにゅうしゃ)がいて、その者を己の目で確かめてもいない。そのようなことは、この迷宮の物頭としての矜持(きょうじ)が許さないのだろう。

「龍を見た者は誰か」

「ここに」

私の呼びかけに、ナーガの一人が声を上げた。

「コセイか」

「左様で」

「まことに龍であったか」

「確かに。翼も脚もなく、長々とした身体(からだ)が蜷局(とぐろ)を巻いて、高々と鼾(いびき)をかいており申した」

「ふむ、寝ておったのか」

「龍の腐った寝息が拙者の顔にかかりおったわい」

豪胆にもコセイは龍の鼻先まで這(は)っていったという。

「大きさはわかるか」

「身体(からだ)を幾重にも折り曲げておった故、見当もつかねど、面(つら)は一間はあり申した」

「大物でござる」

バイラが横から囁(ささや)くように口を挟んだ。恐らく赤龍、下手すれば龍族最強とされる蒼龍(そうりゅう)級だ。

「ふむ、見てみたいものだ」

己の目で見てみないと、脅威の大きさを判定できない。

「掘ってみるか。中を覗(のぞ)ける程度の穴でいい」

私の言葉にインプたちが、きっと小さく悲鳴を上げて震え上がった。

「インプどもは怯(おび)えてござる。それに、覗(のぞ)き穴を開けたとて、闇を見通せぬ殿には見ること能(あた)わず。逆に気取られるのが落ちでござろう」

バイラが止めた。確かに彼の言う通り、好奇心で近寄るのは愚かだ。

「如何(いかが)いたしましょう」

テラーニャが声を潜めて訊(き)いてきた。こっちが聞きたいくらいだ。

「知れたこと。兵を集めて総懸(そうが)かりで彼奴(きゃつ)を討ち取るに如(し)かず」

バイラが物具(もののぐ)を揺すった。その許しを得るために私を呼んだのだろう。

「無茶を申すな」

私は即座に断じた。

今、迷宮には、アラクネとザラマンダーとミノタウロスが一名ずつにクレイ・ゴーレム三名、ナーガが十名しかいない。包帯所にいる三名のラミアは救護兵だし、インプは百五十三名いるがこれも戦力として期待できない。他には清掃用に召喚したスライムが数十匹ほど。

畜生、ミノタウロスの猪(いのしし)武者(むしゃ)め。この戦力でどうやって龍と戦おうというのだ。

「では、どうなさる。あれが居坐(いすわ)っておる限り、普請もままならぬわい」

バイラが逆三角の上体を折り曲げて私に訊く。すごい圧迫感だが、今の私には気後れする余裕もない。

「この階層の普請は全て中断する。三の丸のインプは全て四の丸に下がり、そこの作事を手伝え。ネスイ、普請場からゴーレムを引き上げて、ここで警戒させろ。ナーガの衆はそれを見届けた後に四の丸に下がれ」

私は小声で命じて、まだ何か言いたそうなバイラを手で制し、

「一時間後に本陣で軍議だ。テラーニャ、バイラ、それにナーガも全員来てくれ。テラーニャよ、ギランにも来るように伝えよ」

ザラマンダーのギランは滅多に鍛冶場から出てこない。寝るときも火床で寝ている。

「あい」

テラーニャが踵を返して戻っていった。

バイラが不満げに噴と鼻を鳴らした。

「堪えよ、バイラ。我らの当面の務めはこの迷宮を完成させること。逸って龍に突き懸かって怪我しておる暇はないわ」

私は努めて毅然とした態度で告げた。宥めるような口振りは、却ってこの誇り高いミノタウロスには逆効果なのだ。

「ふむ、厄介でござるのう」

焼いたデス・ワームの肉に齧りつきながら、ギランが呟いた。

言われなくてもわかっているので、絵図面を囲んだ皆は顔を上げようともしない。

「決まっておる。寝ておるうちに忍び寄って一挙に討ち取ってしまえばよい」

甘露を咀嚼しながらバイラが言う。

「コセイよ、正直に答えよ。果たして殺しきれると思うか」

「無理でござろうの。あの鱗、我らの得物が通るかも怪しうござる」

コセイがまるで他人事のように言った。

「司令部からいただいている資料には、あれの存在を窺わせるものはなかったのですか」

テラーニャが窺うように訊いてきた。

「検索し直してみたが、それらしいものはなかったな。この地域は辺鄙で測量軍団も左程に力を入れていたわけではないからのう」

私は腕を組んで溜息をついた。

「のう、正面切って龍を仕留めるには、どんな手があると思う」

私はギランに話を向けた。

「年経た龍が相手となると、重天使級の戦力が必要でござろうの。それも地面の下では分が悪い。地上に引きずりださねば」

「となると、堕天使でござるか」

バイラが甘露を嚥み下しながら呟いた。

「この迷宮では召喚することすら無理だ」

私は力なく笑った。

「ならばせめて、後方の司令部に加勢を頼めば」

テラーニャが身を乗りだした。

「敵の本格的な攻勢開始まで通信は封止されている。呼びかけても応答はあるまい。むしろこちらの位置が敵に露見する危険のほうが大きい」

「酒を食わせて酔い潰れた龍を退治したという話もござるが」

ギランが独り言のように言ったが、

「あれはただの御伽噺、それに今はまだ酒造所も作っておらぬのですよ」

とテラーニャが即座に返した。

「うむ、今から酒造所を作る手もあるが、不確かな伝承に頼るのも危うい。それに頭だけで一間だぞ。酔って寝入るまでに何石分の酒が必要になるか見当もつかん」

「そうか」

ギランが残念そうに腕を組んで唸り声を上げた。

「ナーガも龍も蛇の眷属、同族の誼で交渉できぬのですか」

テラーニャがナーガたちに問うた。だが、ナーガ衆の頭目格のネスイはむっとして、

「我らと龍が同族というのは、リザードマンどもが己らを竜の眷属と称するのと同じ痴れ言でござる」

不機嫌そうに顎を撫でた。

「確かに我ら、龍と同じく『始源の蛇』を祖に奉ぜしが、我らナーガの祖は『腕の蛇』、龍の祖は『翼の蛇』、天地開闢の折に分かれた裔なれば、今や全くの異族でござるわい」

「ここは乾坤一擲、殿の魔力で呼びだせるだけの兵を召喚し、決戦を挑むしかなかろう」

バイラが足を踏み鳴らした。

「その程度で勝てる相手ならな」

私は皿に盛られた甘露に手を伸ばした。

「兵を増やしたとしても、この迷宮の能力では勝ち目は薄い。よしんば勝てたとしても、迷宮にも兵にも損害が出る。そうなれば、我らは任務の遂行が不可能になる。それに」

「それに、とは」

バイラが私に挑むように尋いてくる。

「私は無駄死にを出したくないのだ」

バイラは一瞬鼻白む顔をして、

「では、息を潜めて彼奴を起こさぬよう放っておこうと申されるのか」

腹立たしげに作戦盤を叩いた。

「いや、テラーニャが申したことで決心がついた。私があれと話し合うてみようと思う」

「殿」

テラーニャが悲鳴のような声を上げたが、私は構わずナーガたちに顔を向け、

「コセイよ」

「はっ」

「腹の下に財宝を見たか。金貨や宝石の類いだ」

「いや、それらしいものは見ませなんだ。彼奴の腐れ腹の下には土塊の他は何も」

「わかった」

「ギランよ、硝子玉(ガラス)は作れるか」

「珪砂(けいしゃ)も岩塩もあるから原料には困らぬが、硝子(ガラス)を作る窯がない」

「今から窯を作ってどれくらいかかる」

「それくらいは造作もない。窯の支度に二日、更に一日あれば硝子玉(ガラス)も幾つか作れよう」

「頼む。三寸、いや二寸程度でよいから硝子玉(ガラス)を十個ばかり作ってくれい」

「インプを借りますぞ。それと工房の転換炉も動かす」

「構わぬ」

ギランは返事もせずに肉の残りを口に押し込むと、立ち上がって本陣から出ていった。

「殿、龍が光物(ひかりもの)を好むという話も、益体もない言い伝えでござるぞ。それに、金銀財宝ならばともかく、硝子玉(ガラス)など子供騙(こどもだま)しもいいところ」

バイラが呆(あき)れたような声で言った。

「うむ、だが物は試しともいう。酒を造るより手間もかからぬだろう。宝物(ほうもつ)があればよいが、どうせ黄金(こがね)や宝玉の類いなど迷宮の何処(どこ)にもないからのう。龍には私一人で会う」

「もし、うまくいかねば、如何(いかが)なさいます」

テラーニャが心配そうな顔で訊(き)いた。

「駄目ならば、別の手だてを考えるだけだ」

私は無責任に言い放って甘露を齧(かじ)った。酸味の効いた味が口に広がった。

三日はかかると言っておきながら、ギランは相当に張り切ったらしい。二日目に私が鍛冶場を訪れたときは、既に硝子(ガラス)玉が十ばかり、土運びの笊(ざる)に転がっていた。

「見事なものではないか」

インプらと硝子(ガラス)窯に取り付いているギランの背中に声をかけた。

「まだまだ、ようく御覧(ごろう)じなされ」

ギランの返答に、私は硝子(ガラス)玉を取り上げてまじまじと見つめた。

「テラーニャはどう思う」

テラーニャは両手で硝子(ガラス)玉を受け取ると、

「ええ、まこと見事な硝子(ガラス)玉かと」

我が室(むろ)にもひとつ欲しいくらい、と答えた。が、ギランは振り向きもせず、

「鉛を足したがまだ濁っておる。どうも窯の温度に工夫が足りぬようで。それに形も歪(いびつ)じゃ」

真円には程遠いと呟(つぶや)くように言った。足許(あしもと)を見れば周囲には砕けた硝子(ガラス)の破片が散らばり、それをインプたちが拾い集めている。

「何時頃出来上がりそうだ」

私はギランの背中に問いかけた。

「それがし、硝子(ガラス)というものを片手間の手慰みと侮っておった。今暫(しばら)くお待ちあれ。龍めが唸(うな)るほどの硝子(ガラス)玉を作って進ぜましょうほどに」

どうもギランの職人肌が裏目に出たらしい。こうなると何を言っても無駄だろう。

「わかった。頼んだぞ」

ザラマンダーの背に言い残して、私はテラーニャを連れて鍛冶場を後にした。

「なあ、テラーニャ」

交通壕を歩きながら、私はなんともなしに言った。

「あい、主様」

テラーニャは、二人きりのときは私を『主様』と呼ぶ。

「酒造りの達者な魔物となれば何が良いであろうか」

「やはり、龍を酔い潰さんと酒造所を設けられますので」

「うむ、ギランめ、硝子作りが膏肓に入ってしまったようだ。あれでは何時硝子玉ができるかわからぬ。次善の策を講じねば」

「それは」

テラーニャは暫く考えるようだったが、

「酒蟲がよろしかろうかと」

「酒蟲か」

「猩々も美酒を造りまするが、召喚の魔力が高くつく上に、いかい気位が高うございます。部下の顔色を窺うてばかりの主様には扱いかねるかと」

「むう、私はそんなふうに思われておるのか」

「気落ちなさいますな。皆、そんな主様を好ましう思うております」

「喜んでよいのか、悲しんでよいのか」

「素直にお喜びあれ。皆、主様なればこそ、逃げだしもせず踏み止まっておるのです」

テラーニャが私の顔を見て微笑んだ。

召喚門から現れた酒蟲は、体長四寸ほどで鮮やかな赤の太った守宮のような格好をしていた。

テラーニャは蠢くそれを両手で優しく取り上げ、盥の水にそっと放した。酒蟲は暴れるでも泳ぐでもなく、盥の底をのたりのたりと歩き回る。その様をテラーニャは暫く眺めていたが、やがてそっと人差し指を水に浸けて、その指をぺろりと嘗めた。

「主様、お酒でございます」

得意げににこりと笑った。

「もうできたのか」

「まだ薄うございます。甕に入れて三日も経てばほどよき味になりましょう」

「どれ」

指を入れるのがどうにも不安だったので、テラーニャの手を取ってその指を口に含んだ。

「ふむ、これが酒の味というものか。知識としては知っていたが、不思議な味よな」

見ると、テラーニャが真っ赤な顔で私を睨んでいる。

「もう、お戯れを」

「いや、すまん。指を入れると、酒蟲を驚かすのではないかと思うてな」

「このような真似は二度となさりますな。困ります、このような」

テラーニャが俯いて口籠もった。

「すまん、悪巫山戯はもう二度とすまい。ほら、機嫌を直してくれい」

「もう、嫌な主様でございます」

テラーニャが口を尖らせて私を見上げた。

召喚された五匹の酒蟲は、それぞれ水を張った大桶に入れられ、本陣の脇に置かれた。私は、賄所脇の休息所に置こうとしたのだが、テラーニャに止められた。

ナーガら蛇の眷属は大の酒好き。盗み酒されてなくなってしまいます、とテラーニャは真剣な顔で言った。せめて私の目の届くところに、ということで本陣に置くことに決めた。

ナーガは酒が好物という話は本当だったようだ。本陣に置いた酒のせいで、ナーガたちが本陣に足を向ける回数は明らかに増えた。私に報告や相談をするついでに柄杓で一杯引っかけていく。

包帯所のラミアがやってきて、消毒用に分けて欲しいと酒を請い、明らかに治療に使うには多すぎる量を汲んで小躍りしながら帰っていった。

龍を見つけて以来、私の弱腰に不貞腐れていたバイラも本陣にやってきて、どうやって龍を討つのか威勢のいい話を一席ぶった後、ややこれは、とわざとらしく酒桶を見つけ、どれ毒見をなどと言いながら柄杓の酒を美味そうに呑んだ。

その魁偉な容貌に反して、こ奴は滅法酒に弱かった。上機嫌に顔を赤くしたバイラは、やあこれは上酒と嬉しそうにしていたが、やがてそのまま腰を落として眠りこけてしまった。

「やれやれ、龍を酔い潰す前に、部下たちが酒毒に当たりそうだな」

私は床几に腰を下ろして溜息をついた。

酒造りを初めて四日、封をした桶ひとつを除いて、四つの酒桶の酒は皆が争って呑んでしまっていた。インプがそのたびに水を足しているが、相変わらず薄いままだ。

「そう仰りますな。皆、不安と苛立ちで気晴らしがしたいのでありましょう」

「そう言うテラーニャは呑んでいないな」

「アラクネは酒に酔いませぬ故」

「それは知らなんだ。では、相談だが」

「何か」

「テラーニャは何か気晴らしになることはあるのか」

まだ貧弱な迷宮だが、できることなら叶えてやりたい。今は無理でもいつかは。

「さて、何でございましょうや」

思わせぶりに彼女は微笑んだ。

「何でも良い。何かないのか」

「煙草を」

テラーニャがぽつりと呟いた。

「何」

「煙草を喫いとうございます」

「煙草か」

煙管の類いなら鍛冶場ですぐ作れるだろうが、肝心の煙草の葉をどうするか。この迷宮の地上は不毛の荒野が広がるばかり。地下に農園を造ることも、私には無理もいいところだ。

「せめて私が乙型精霊であったなら」

「あいや、お気になさらず。望外なことを申しました」

テラーニャが慌てて言い繕った。

「そんなことはないぞ。今は無理だが、いずれお前の吐く糸が黒う煤(すす)けるほどに煙草(たばこ)を楽しませてやろう」

「ほほ、期待せずにお待ちしております」

テラーニャが口を覆って小さく笑った。

「冗談ではないぞ。私は常に本気だ」

私がつい大人気なく身を乗りだしたのとほとんど同時に、陣幕が勢いよく跳ねた。

「できましたぞ」

全身から威勢よく炎を噴きながら、ギランが御機嫌に大股で入ってきた。

「何がだ」

「硝子(ガラス)玉でござる。極めたとは申せねど、その一端は摑(つか)み申した。いやあ、これはもう硝子(ガラス)屋を始めるしかござらぬな」

ギランは隅の酒桶(さかおけ)を見るや、無造作に封を解き、

「祝い酒でござるか」

などと勝手なことを言って、思い切りよく顔を突っ込んだ。

呆気(あっけ)にとられて私とテラーニャが見つめる中、ギランは桶(おけ)に首まで突っ込んでじっとしていた。喉が鳴っているので、溺れ死んだわけではないことはわかった。

いっそ溺れてくれればよかった。ギランが顔を上げたとき、桶(おけ)の酒は半分近くなくなっていた。桶(おけ)の底の酒蟲(しゅちゅう)が心なしか怯(おび)えているように見えた。

「いやはや、この迷宮でこれほどの美酒を味わえるとは」

ギランは酒に濡れた顔を綻ばせた。

「この酒ならば龍も満足するでござろう。それがしの硝子玉と二つ並べれば、龍はもう籠絡したも同然」

「いや、それはない」

私は努めて冷静を装って答えた。

「はて、解せぬことを」

「龍に呑ませるはずの酒は、今先刻ギラン殿が呑んでしまわれたからです」

せめて一桶くらいと取っておいたのにとテラーニャが棒を呑んだような面で答えた。

「あ」

岩と石で象られたようなザラマンダーにしては表情が豊かな奴だ。体から噴きでていた炎が種火になり、眼窩の炎が消え入りそうに小さくなった。

「これはしたり。いや全くすまぬことを」

「まあよい、御自慢の硝子玉でなんとかなろうて。さあ、見せてもらおう」

面白いくらい悄気返るギランに言葉をかけ、私たちは鍛冶場に向かった。

「凄いなこれは」

透き通る五寸ほどの球体を篝に翳し、私は唸った。

白状すると、何処が凄いのかよくわからなかったが、美しいものなのは理解できた。

「そうでござろう」

ギランが得意げに腕を組んだ。その隣で、ギランを手伝ったインプたちがギランの仕草を真似て胸を張っている。

「幾つある」

「染料がないため、透明なものばかり十八個」

「ふむ、それだけあればよいか」

「テラーニャ」

「あい」

「お前の糸で、大きめの風呂敷を織ってくれるか。ギランが腕を振るった美品故、最も上等な布で包みたい。出来次第、龍に会いにいく」

「仰せのままに、殿様」

テラーニャが頷いた。

「できれば、もう少し腹を据える暇が欲しかったところだが」

誰に言うとでもなく、私は苦笑いを浮かべた。


テラーニャが風呂敷を織り上げるのに、それほど時間はかからなかった。

「さあ、行くか」

全く気乗りしなかったので、自分を奮い立たせるために私は声高に宣言した。

これから龍に会いに行くのだ。奴の機嫌がいいことを神に祈ろう。ああ、何を言ってるのだ私は。神は敵ではないか。でも敵だろうが、案山子だろうが、熱帯魚だろうが、何でもいいから祈りたい気分だった。

「殿、物具を着けられませ」

バイラが鎧櫃を開けて真新しい具足を私に見せた。鉄の小札を縅した腹巻。前にギランが鍛えた逸品だ。飾り気皆無の質実剛健な造作で、袖は大きく草摺も長く、いかにも頑丈そうだが、同時にいかにも重そうだった。気が滅入るくらい。

「いや、無用だ。龍相手にそんなものが役に立つと思うか」

「思いませんな」

詰まらなそうにミノタウロスは鼻を鳴らした。

私は掘削を中断した交通壕に立つと、見得を切るように左手を上げた。

「硝子玉を」

黙ってテラーニャが硝子玉の風呂敷包みを差しだした。私は静かに頷き、決意をもって風呂敷の結び目を摑んだ。次の瞬間、がくんと左手に重量を感じた。何だこの重さは。危うくギラン自慢の美術品を地面に叩きつけるところだった。

「殿様、大丈夫ですか」

テラーニャが私を見つめている。やめてくれ、そんな初めて一人でお使いに行く子供を見る母親の眼で私を見ないでくれ。

「いや、大事ない。足が滑ったようだ」

説得力のない言い訳をしながら、私はなんとか風呂敷包みを持ち直し、

「掘れ」

とインプたちに短く命じた。インプらは返事するかわりに、土を掘り始めた。

「テラーニャ」

「あい」

「私が殺(や)られたら、すぐに三の丸を放棄して、三の丸と四の丸を繋(つな)ぐ斜坑を閉鎖しろ。後は結晶石の人格が再起動して汝(なんじ)らを指揮する」

「仰せの通りに」

テラーニャが無表情に答えた。皆を振り返る。バイラもナーガたちもギランも、沈痛な面持ちで私を睨(にら)んでいる。まるで死者の船を送りだす北の民のように。

「案ずるな。この身が死んでも、本陣の結晶石が破壊されぬ限り私は死なぬ。そんな葬式向きの面(つら)をするな」

だが、皆はびっくりするくらい無反応で、私は思わず狼狽(たじろ)いだ。仕方なく、

「では、行ってくる」

右手に松明(たいまつ)を持って、私はインプが掘り開けた穴に入っていった。


コセイが言っていたように、中は物凄(ものすご)い臭気だった。まるで裏通りに一月放っておかれた腐乱死体のような臭いだ。そんな臭いは嗅いだことはなかったが、きっとそんな臭いに違いない。染みた目に涙が浮かんだ。

その奥に微(かす)かに気配がする。それも巨大な。脳の奥で本能が逃げろと喚(わめ)き散らしている。

目が慣れるのを待って、私は歩きだした。

「凄まじい臭いでござるな」

十歩と行かないうちに、ふいに低い声が響き、私は肝が口から溢れるくらい驚いた。

「ええ、帰ったら湯浴みしなければ」

振り向くと、テラーニャとバイラが立っていた。

「馬鹿者、何故尾いてきた。今すぐ戻れ」

私は小声で叱った。

「ナーガどもへの指図はギランに任せて参った。主君が死地に入るのを黙って見送るなど、ミノタウロスの流儀にはござらぬ」

当たり前のことを訊くなというふうに肩を揺すった。

「妾は殿の副官でござりますす故、御一緒するのが当然。それにそのような危なげな足取りでは、折角の硝子玉が割れてしまいましょう」

澄ました顔のテラーニャが私の手から風呂敷包みを捥ぎ取った。

ここで口論しても埒が明かない。

「わかった、危ないと思ったら、私を見捨てて逃げるのだぞ」

私たち三人は、松明の灯を頼りに暗い空洞の深奥に向かって歩きだした。

奥へ歩みを進めるにつれて、悪臭もどんどん酷くなっていった。まるで世界中の糞を詰め込んだ壺に顔を突っ込んだ気分だ。だが、幸運なことに、悪臭に比例して増大する気配のお陰で、吐き気を催す気分にもなれなかった。

ふいに私の口から含み笑いが漏れた。笑いは私の意に反して止まらず、慌てて左手で口を押さえた。

「殿様、如何なさいました」

「いや、すまん」

私は立ち止まり、非常な努力を払って笑いを抑え込んだ。

「これが死の恐怖というものなのか。初体験だ」

「勇士は危機に臨んで大いに笑うという。殿は勇士でござるな」

バイラが一人勝手に納得しながら呟いた。

「いや、過剰な恐怖を処理しきれていないだけだ。証拠に、誰かが片腕をくれたら帰っていいと言うてくれたら、喜んで片腕を差しだす気分なのだぞ」

「それでも殿様はここまで歩かれました」

テラーニャが私の顔を覗き込んだ。

「迷宮主としての義務感から進んでいるだけだ。私は死んでも結晶石の人格として復活できるのだから。勇士という者が存在するなら、お前たちこそ勇士だ」

私は二人を交互に見やった。

「良いか、私を守って死んでも私は喜ばない。危ないと思えば私を捨てて逃げよ。生き返ってもお主らがおらぬでは、私の心が死んでしまう」

「己を見捨てて逃げよと申しつけられる主君など聞いたことがない。が、精々気張ってその言いつけを守るといたそう」

バイラが面白くもなさそうに笑った。

「さて、では三人で龍の尻を舐めにいくとしよう」

「殿様、それを申すなら、蹴り飛ばしにいく、です」

松明の灯を受けて、山のようにあまりに巨大で無慈悲な質量が見えてきた。

「あれか」

「うむ、龍でござるな。しかもあれは」

バイラが言葉に詰まった。それも当然だ。松明の照り返しを受けて鉄黒色に光っている。その事実に私は非常に恐怖した。漏らさなかった自分を誉めてやりたい。

「この目で見ても信じられぬ。あの鱗の色、あれはまさしく音に聞く黒龍でござるぞ」

ミノタウロスが震える舌で小さく呟いた。

「孫にしてやる話ができ申した」

「孫がいたのか」

私の問いに、バイラははっとした顔をした。

「これは迂闊。まだ妻を迎えてもおらなんだ」

黒龍は龍の中でも最も年経た個体とされる。古い神話でしか語られたことのない存在。実在を疑う者も多い。というか、黒龍がいると本気で信じるほうが正気を疑われる。私もつい先刻まではそうだった。理論上、万余の齢を重ねた龍は格が上がって鱗が変色し黒龍になると言われているが、普通はそこまで命永らえる前に死ぬ。神話の龍と呼ばれるのも理由がない話ではないのだ。

だが、無慈悲にもそれは存在した。よりによって我が迷宮のお隣さんとして。

「なんであんな化け物が」

言いかけた私の口をテラーニャの手が塞いだ。

「殿様、声が聞こえます」

「寝ておるのではないのか」

「いえ、寝てはおりませぬ。先刻から凝っとこちらを窺っております」

言われて気づいた。物見したナーガのコセイは、龍は喧しく鼾をかいていたと言っていた。だが、そんな騒音は聞こえない。奴は起きていて、闇の奥から凝っと私たちを眺めているのだ。改めて私は闇夜に全裸で徘徊する筋肉質の陰間を見たような恐怖を感じ、思わず身震いした。

ようやく、夜目の利かない私にも黒龍の外観がはっきり見えてきた。と言っても頭とそこから伸びた蛇に似た身体の一部だけだった。残りの身体が何処まで伸びているのかわからない。そいつは、蛇身の中ほどに半ば埋まるように頭をのせている。見た目はただの蛇だ。黒い蛇。がっかりするくらい何の捻りもない。ただ、その寸法だけは凄まじく巨大だ。

コセイの粗忽者め。何が頭の長さは一間くらいだ。その倍は軽くある。私は物見したナーガを心の中で罵ったが、だからといって結果が変わるわけもなかった。

数珠玉のような巨きな目が松明の灯を受けて濡れたように光っている。こちらを見ているのかすらわからない。意志があるのかすらも。私は声が届きそうな位置まで用心深く近寄ると、テラーニャとバイラに目で合図し、一歩踏みだして黒龍に呼びかけた。

「やあ、調子は如何かな」

何を言ってるのだお前は、という非難は甘んじて受け入れよう。もっと気の利いた台詞はなかったのかという罵倒も。

だが、神話の龍相手に何を言えばいいのか。だいたい私は人に好かれる術も知らぬ。生を享けて半年も経っていないのだ。

「最近、隣に越してきた者だ。それで、こうして手土産を持って挨拶回りに参った」

テラーニャから受け取った風呂敷を慎重に地に下ろした。風呂敷を解き、硝子玉をひとつ取って差しだすように手を伸ばした。

「如何かな、我が家の工房で作ったものだ。気に入っていただければ嬉しいが」

何を言っているのだ私は。だが、恐怖と焦燥が私の舌を無意味に動かし続けた。

「そうそう、最近、酒造りを始めたのだ。なかなかの出来でな。一樽進呈しようか」

「黙れ」

低く、内臓に響く声だった。顎の隙間から龍の舌が躍っている。

はい、黙ります。私は瞬時に口を噤んだ。

「そんな粗雑な玩具で我の歓心を買おうとは、舐められたものだ」

耳ではなく、頭に直接響く声。念話だ。

「それに我は酒を嗜まぬ。女房に逃げられて以来、酒は止めた」

「それはすまぬことを。そんな複雑な家庭事情とは知らなかったものでな」

「黙れ。聞かれたことだけ答えろ」

私は再び口を閉じた。

「貴様が迷宮の主か」

「ああ」

「では、後ろの牛頭（ごず）と絡新婦（じょろうぐも）はお前の手下か」

「部下だ。ミノタウロスのバイラとアラクネのテラーニャ。そして私が迷宮主のゼキ」

「お前たちの気配は一月も前から気づいていた。我が安眠を妨げ、我が静謐（せいひつ）を汚したな。その振る舞い、許し難し」

「同情はするが、やむを得ない仕儀だったのだ。予め（あらかじ）大家が教えてくれておればよかったのだが」

「減らず口を叩（たた）くな。お前たちを皆殺しにしてもいいのだ。全員を百回殺してやろうか」

黒龍の思考に微（かす）かに苛立（いらだ）ちを感じた。

「では、どうすれば許してもらえるのか」

「我の奴婢（ぬひ）となれ。否と言うなら皆殺しだ」

「奴婢（ぬひ）とは」

「お前たちの根城には召喚門があろうが。我に贄（にえ）を差しだすべし」

「己、言わせておけば」

バイラが金撮棒（かなさいぼう）を構えて前に出ようとした。

「バイラ、止めよ」

「しかし、彼奴めは我らが輩を喰うと申しておるのですぞ。余りと言えば余りの雑言」

「待て、考え違いをいたすな」

慌てた黒龍の思考が流れ込んできた。

「誰が喰うと言うたか、痴れ者め。肉食の欲念などとうの昔に解脱しておる。身の回りの世話をする雑色が欲しいと申したのだ。まあ、気に入らなければ殺すがな」

あまりにも俗物な要求に私の思考が一瞬停止した。が、すぐに思い直して龍に尋いた。

「何人ほど欲しいのか」

「そうさな、取り敢えずはざっと三百ほどかの」

「え」

「この洞を我に相応しい邸に造り替える。それに我に傅く美姫に楽師、踊女も」

「無体な。そのような余裕など我が迷宮には」

「それはそちらの都合。さあ、早う返答せよ」

私は思わず振り向いてテラーニャとバイラの顔を凝視した。

「どうしよう」

「断固断るべきでござるぞ、殿。たとえ敵わずとも膝を屈する勿れ」

バイラが憤然と答えた。こういう局面ではバイラに何も期待していなかったので、私は無視することにした。

「テラーニャ」

私は縋るような目をテラーニャに向けた。

「殿様、まずは相手の弱みを知ることです。何か龍の弱みを握らねば」

「弱みなど何処にあるのだ」

私は泣きそうな声で言った。

「聞こえておるぞ」

後ろから黒龍の思念が響いた。

「殿様、何か手を考えなされませ。考えなければ」

テラーニャが両の拳を固く握り、思い余った顔で、

「主様とは二度と口を利きませぬ」

金切り声を上げた。

そんな、またテラーニャに嫌われてしまう。内臓が地に落ちるような気分だ。彼女の理不尽を責めることすら思い及ばなかった。明らかに私は取り乱していた。

私は混乱した思考を抱えたまま、黒龍に向き直った。

「わかった」

「ほう、存念を決めたか」

「殺すがいい」

慌てて便所火事な言葉が口から出た。これは賭けだ。

「何」

「殺すがいいと申したのだ」

「主様」

テラーニャの悲鳴が背中に突き刺さる。だが、私は振り向かない。そんな余裕なんてない。

「殺せぬのだろう。殺せるならとっくにやっているはずだ。一月も前にこんな穴から出て、我が迷宮に押し入り、我らを残らず討ち平らげているはず」

私は必死で捲し立てた。

「何を烏滸なことを」

「そうであろうが。我らを殺せぬから、こうやって脅しておるのだ」

喉から次々に言葉が転びでる。

「黙れ」

「ああ、黙ってやろう。黒龍ともあろう存在が、下衆な脅ししかできぬとは。失望したぞ、黒龍、いやさ、屎長虫めが」

私は縺れる足を叱咤して、できる限り威厳を込めて振り返った。

「テラーニャ、バイラ、帰るぞ。穴を塞いで厳重に封をせよ。こ奴は無視していい」

「お、応」

状況を理解できていないバイラが馬鹿面で返した。

「テラーニャ、風呂敷を頼む」

「あい」

テラーニャが慌てて風呂敷を結び直す。

「よし、戻るぞ。普請が遅れている。まったく、下らぬことに拘って無駄に刻を費やしてしまった」

私は歩きだした。我が迷宮に向かって。

「殿様、よろしいのですか」

テラーニャが心配顔で訊(き)いてきた。

「いいのだ。挨拶は終わった。あれは放っておいていい」

「待て」

後ろから龍の声がする。私は振り返りたい誘惑を抑え、ずんずん歩を進めた。

「帰ったら風呂を使うぞ。二人とも付き合え。まったく、臭うて敵(かな)わぬ」

「待て、待ってくれ」

命令が哀願に変わったが、私は無視した。

「そうだ、ギランめが呑(の)み残した上酒があったな。風呂上がりにあれで一杯やろう」

私はわざと大声で言った。

「それは楽しみでござるな」

バイラが楽しそうに肩を揺すった。

「今度は酒に潰されて寝るなよ。眠りこけたお前を運ぶのにいかい苦労したぞ。寝るなら室(むろ)に戻って寝ろ」

「あれは不覚でござった。いや、今度は大丈夫でござる。それがしが酒(ささ)にも豪の者であることを御覧にいれましょうぞ」

やっと私の意図を察したのだろう。わざとはしゃぐようにバイラが大声を上げる。

「いっそ、験直(げんなお)しに皆で宴(うたげ)を催しましょう」

テラーニャもわざとらしく手を叩(たた)いた。

「頼む、待ってくれい」

哀願が泣き言に変わり始め、ようやく私は自らの優位を確信して歩(あゆみ)を止めた。

「まだ何か用か」

私は勿体(もったい)ぶって答えた。

「動けぬのだ」

黒龍の弱々しい声が聞こえてくる。

「何だと」

「我はここから動けぬのだ。頼む、助けてくれい」

「どういうことだ。説明しろ」

暫(しばら)く逡巡(しゅんじゅん)の間が空いて、やっと黒龍が話しだした。

「忌々しい剣が刺さっている。故にここから動けぬのだ。もう二千年以上も」

「それで」

「その剣を抜いて欲しいのだ。このまま痛みに苛(さいな)まれながら死を待つのは耐えられぬ」

今までの威容が何処(どこ)かに吹き飛んだような、情けない声だった。

「それくらい、自分で抜けぬのか」

「呪がかかっておる。自分ではどうしようもない」

「ふむ」

私は手を腰に当てた。

「その剣を抜いたら私たちを皆殺しする算段であろう。封印を解かれた魔神が解いた恩人を殺す。よくある御伽噺だな」

テラーニャとバイラがうんうんと頷いた。

「そんなことはない。恩人を害するような真似などするものか。龍の顎の毒牙に賭けて誓おう」

「そんなことで私が信用すると思うてか。目出度いことよ」

「どうすれば信用してくれる」

「それはお前が考えることだ。私に聞かれても困る」

「無体な」

黒龍の目が僅かに歪む。どうやら困り果てた顔をしているらしい。

「それはそちらの都合だ。何も思いつかないのなら、もう二千年、そこにいることだ」

背後でテラーニャとバイラが息を呑む気配が伝わってきた。ここが切所だ。

「わかった」

とうとう黒龍が呻くように言った。

「我が真名を告げよう」

「なんと」

バイラが驚いたように呟いた。

龍にとって真名を知られることは、活殺を握られるに等しい。戦略打撃軍団の龍たちも、真名で魔王軍に縛られているという。

「まことか」

「龍は己の真名を偽れぬ」

「わかった。聞こう」

私は大きく深呼吸して、黒龍を睨みつけた。

「我が名はヤマタ」

黒龍の言葉に、ひっとテラーニャが小さく悲鳴を上げた。

「あの龍が、まさか」

「知っているのか、テラーニャ」

「殿様、あの『八岐』です。国産みの神話に出てくる悪龍でございます」

「しかし、八岐は神々と英雄の軍勢に滅ぼされたはず」

私は恐れ入るように頭を垂れる黒龍を見上げた。

「ヤマタよ、お前と同じ名を持つ龍は他にいるのか」

「ヤマタの名を持つ龍は我以外におらぬ」

少なくとも我が封じられた二千年前まではと付け加えた。

「しかし八岐はその名の通り八つ頸の龍でござるぞ。この龍の頸はひとつだけ」

バイラが口を挟んだ。

「人の紡いだ神話など知ったことか。我が身は八つの峰、八つの谷を跨ぐ故、八跨の名を享けた。

我が名はヤマタ。我は滅されてなどおらぬ」

「ふむ、その名に偽りはないな」

だが、龍が名乗ったとき、間違いなく真の名であることを私は直感で感じていた。

「どうして偽ろうか、我が主よ」

「わかった、では、汝を封じている剣を抜こう。何処に刺さっているのだ」

「ここに」

ヤマタが僅かに頭を上げると、確かに顎の下に微かに金色に輝く柄頭が見えた。地面から軽く五丈はある。その高さだけで気が萎えたが、抜かぬわけにはいかない。

「ここで待て」

テラーニャとバイラに言い置くと、私は鋭い光を放つ剣の柄を目指して、龍の蜷局をよじ登り始めた。

ヤマタの鱗は、最も小さいものでも戦場で使う掻楯ほどもあった。どの鱗も鋼のように硬く、表面は磨き上げたように滑らかで、私はしばしば足を滑らせ、何度も無様にずり落ちる羽目になった。時折、鱗の下の大質量の筋肉が撓み、そのたびに鱗の装甲がちりちり鳴りながら振動した。

最後に言っておかなくてはならないが、ヤマタの身体は獣　全てが持っているような悪臭を放っており、それは、この龍の寝床に入ったときに嗅いだ臭いを集めて煮詰めて結晶にしたようなものだった。私は、自分の肺が腐り落ちるのではないかと秘かに危惧した。

非常な努力と時間を払って、私はやっと剣の刺さったところまで辿り着いた。

柄は三尺ほどの古風な毛抜形、私は最初、金で鍍金されていると思ったが、柄を握って間違いを悟った。これは魔金だ。この剣は希少な魔金でできている。鋼や魔銀、魔鉄をも凌ぐ最強の金属。

なんと贅沢な。その剣が鍔まで深々と龍の身体に刺さっている。

「これは痛そうだ」

私は息を整えると、確かめるように口に出した。

「うむ、呪いの剣だ。早く抜いてくれ」

「わかった。痛いからといって泣くなよ」

私は両手で柄を握り、思い切り引いた。予想していたよりもすんなりと抜けた。しかし私は、その手応えのなさより、刺さっていた剣に驚いた。身の厚さ八分、幅一寸八分、六尺五寸はある長大な剣身だった。凄まじく重い。

「なんだこれは」

私は思わず呻いた。驚いたことに、剣身には血の付着も見られない。

「経絡に打ち込まれておったのだ。おお、痛みが引いていく。礼を言わねばならぬ、我が主よ。これで楽になった」

ヤマタが私の疑問に答えるように言った。

「なに、刺抜きと同じだ」

もっと気の利いた台詞を言えたらよかったが、私は非常に疲労していたので、それ以上の言葉をかける余裕がなかった。

「さて、どうやって降りるか」

私は心配そうな顔のテラーニャとバイラを見下ろして呟いた。

「任せよ」

唐突に足許が揺れた。ヤマタが蜷局を解こうとしている。

「わっ、待て」

　私は剣が再びヤマタの身体を傷つけることを恐れ、両手で捧げるように持ち上げて両足を踏ん張った。だが、龍を切り刻んで刺身を作るのも、転倒して地面に叩きつけられて潰れた蛙のようになるのも杞憂だった。ヤマタの身体が滑らかに畝り、私は、空飛ぶ絨毯に乗ったけちな盗賊のように、そっと地面に降ろされた。

「殿」

　テラーニャとバイラが駆け寄ってきた。

「御無事で」

「ああ、大事ない」

　私は剣をバイラに手渡しながら答えた。

「これはまた古い形の野太刀でござるな」

　バイラは息を詰め、ためつすがめつ眺めた。

「欲しければやるぞ。どうせこのような業物を扱えるのはお主くらいであろう」

「いや、反りが深すぎる故、それがしの好みに合い申さず。それに」

　物打ちの辺りを軽く撫で、

「刃に大きな切れがござる。もはやこれは打ち物としては寿命」

「そうか」

「御本陣の飾り太刀になさるのが一番かと」

「そうしよう」

そのとき、頭上からヤマタの声が降ってきた。

「返せぬ借りができた。我が主よ」

「気にするな。いや、ちゃんと恩を感じろ」

「うむ、我が主の敵と対峙(たいじ)したときは、存分に働こうぞ」

「いや、そんなことはいいから」

「何だと」

「何だと、ではない。お前を縛る剣は抜いた。好きなところへ行くがいい。できれば迷宮を崩さないよう、そっと出ていってくれ」

こんな化け物に迷宮の隣に居着かれては、生きた心地がしない。何より臭い。

「つれないな、我が主」

「お前は自由の身だ。好きに生きろ。命令だ」

「承った。では、好きにさせてもらおう」

そう言って、黒龍は蜷局(とぐろ)を巻き直した。

「何をしている。ここは雷雲を呼び、嵐を巻いて天に昇る場面ではないのか」

「天に昇って何がある。冷たい星の光があるばかりよ」

二股の舌をぶんぶん振りながらヤマタが答えた。

「この穴は居心地がいいのだ。呪われた疵(きず)が癒えるまでここにいたい」

「何時癒えるのだ、その疵(きず)は」

「さて、五年かかるか、十年かかるか」

そう言って、気持ちよさそうに目を閉じた。

駄目だこれは。私はこれ以上何を言っても無駄だと悟った。片手でひょいと摘まみ上げて、外に放りだせればよかったのだが。

「殿様、戻りましょう」

「そうだな、問題は解決した。戻ろう」

消耗しきった私はテラーニャの言葉に頷いた。ところが、再び歩きだそうとした私たちを、

「我が主よ」

ヤマタが呼び止めた。

「何だ。まだ何かあるのか」

ヤマタが半目を開いた。

「あの、その」

私はその様子に何処かいじらしさを感じたが、図体と悪臭がそれを台無しにしていた。

「硝子の珠をだな、所望いたす」

「雑な玩具と申していなかったか」

「確かにそう申した。だがそれは強がっていただけ。龍は光物に目がないのだ。謝る。謝るから置いていってもらえぬだろうか」

「ただの硝子だぞ。黄金でも宝玉でも金剛石でもない、ただの硝子だ」

「光に貴賤はない。龍はただその光のみを愛するのだ」

私はテラーニャに顎をしゃくった。

テラーニャが風呂敷包みを解き、硝子玉を丁寧に並べていく。

「おお、かたじけない。我が主」

「調子のいいことだ」

「珠の返報をいたそう。そこなお上臈」

ヤマタはテラーニャに呼びかけた。

「足許に我が顎から抜け落ちた牙が見えるはず。珠と同じ数だけ持ち帰り、土の上に撒かれよ」

確かに辺りにはヤマタのものだったと思われる牙があちこちに散らばっている。鎧通しのように鋭く、短いものでも幅八寸、長さ一尺半はあった。

私が小さく頷いたのを見て、テラーニャとバイラが身を屈めて牙を集め始めた。

「牙兵か。竜牙兵、いやこの場合は龍牙兵だな」

「何だ、御存知だったか。詰まらぬ」

失望したようにヤマタが呻いた。齢経た竜や龍の牙を地に埋めると、地中から武装兵が現れる。よく聞く伝説だ。

「我の牙から生える兵どもよ。期待して損はない」

「ふむ、有難く預かろう」

テラーニャとバイラが拾い終わったのを認めて、私はもう一度ヤマタに声をかけた。

「では戻るぞ。たまには様子を見にこよう」

「そのときはできれば酒を頼みたい」

「女房殿に逃げられて、止め酒したのではなかったか」

「あれはもう帰ってはくるまいよ。少しくらい呑んでも罰は当たるまい」

「わかった」

私は苦笑しながら答えた。

こいつは本当にあの神話の悪龍なのか疑念を拭いきれない。天軍の半分を敵に回して一歩も引かなかったヤマタがこんな俗物とは。だが、考えるのは後にしよう。

「酔って暴れるなよ」

「十分に懲りておるわ」

「それと、この洞に清掃用のスライムを放つぞ」

臭いが酷いと私は言った。

「それは願ってもないこと。こう見えて、我は綺麗好きなのでな」

「抜かしおる」

それだけ言うと、私はテラーニャとバイラに目で合図して歩きだした。

黒龍の洞から出ると、ナーガの衆がわらわらと集まってきた。

「殿、御首尾は」

私はインプらにヤマタの牙を本陣に運ぶように命じると、

「すまぬが、ちと疲れた」

そのままへたり込むように床に坐り込んだ。本当は疲れたわけではない。やっと腰が抜けたのだ。そのまま大きく息を吐くと、

「うむ、大事ない。あれとは話をつけた」

皆を見回して告げた。おおと歓声が上がった。

「あれは手負うている。癒えるまであすこにいさせる。我らを害せぬよう約定を結んだ」

「なんと、弱っておるなら一挙に仕掛けては」

ネスイの言葉にナーガたちが色めき立つ。

「頼むからやめよ。疵を負うていても我らの手に負えるものではないわ。なあ」

私がバイラを見上げた。巨漢のミノタウロスが静かに頷いた。

「そうだ、あの硝子玉だが、龍めが、ヤマタという名だが、いかい気に入っていたぞ」

私はギランに告げた。が、ザラマンダーは力作を誉められても喜ぶふうも見せず、

「はあ」

と気のない返事をする。

先刻から、ギランがちらちらとバイラが肩に担いだ野太刀に視線を送っていることに私も気づいていた。鍛冶職だけあって、気になって仕方ないらしい。

「バイラよ」

私はミノタウロスに声をかけた。

「鑑せてやれ」

バイラが差しだした太刀を作法通り受け取ったギランは、しばし刀身を凝視すると、

「魔金でござるか。大変な業物でござるな。しかし、惜しい」

深々と嘆息した。

「刃の毀れは研げばよかろうが、皮鉄に疲れあり。物打ちに大きな刃切れ、鎬に目立つ矢疵が三

つ、これは相当に手荒く使われたようですな」

「龍の喉元に刺さっておった太刀だ」

「さもあらん」

ギランは感心したように呟いた。

「鍛え直せるか」

バイラが窺うように訊いたが、ギランは残念そうに首を振った。

「無念なれど、今の鍛冶場では荷が勝ちすぎるわい」

火力が足りぬと歯軋りし、名残惜しそうにバイラに太刀を返した。

「わかった。心に留めておこう。バイラ、それを本陣に飾れ。迷宮の守り刀にする」

「承ったわい」

バイラが太刀を担いで本陣へと去っていった。それを見届けて、

「さあ、皆の衆も持ち場に戻れや。普請の指図は後で達するほどに」

私は大きく手を叩いた。皆がぞろぞろと散るのを見送り、私はテラーニャに助けられて身を起こした。彼女を除いて全員が周囲から去ったのを確認し、私はテラーニャに告げた。

「テラーニャよ、礼を言わねばならぬ」

「はて、妾が何か仕出かしましたか」

「龍の弱みを探れと申したではないか」

テラーニャはしきりに首を捻った。

「さて、そのようなことを申したような気が」

「お前の言葉で賭けに出る気になったのだ」

「まあ」

「風呂のことといい、今回のことといい、私はお主に背を蹴られて前に進んでいるようなものだな。これからもよろしく頼む」

「まあ、勿体(もったい)ないお言葉」

「できれば、もそっと手加減して蹴ってもらいたいが」

「ほほ、お戯れを。妾は主様の副官。蹴れと申されるなら幾らでも蹴り上げましょう」

本当に面白そうに笑い声を上げ、私は少し身震いした。

「さて、風呂に入ろうか。お互い臭うて堪(たま)らぬ」

間が持たないので、わざと明るく声をかけた。

「あい」

テラーニャが嬉(うれ)しそうに顔を綻ばせた。


結局、ヤマタが居坐(いすわ)っているせいで、三の丸をこれ以上広げるのは断念するに至った。三の丸に建設予定だった倉庫も放棄し、かわりに武者溜(だま)りを随所に設け、隠し虎口(こぐち)も増やした。三の丸に攻め寄せた敵は、入り組んだ交通壕(ごう)と側背から襲いかかる斬込兵の襲撃に悩まされ、最後にヤマタの待ち構える洞に突入することになる。そのときの連中の顔を思い浮かべただけで私は楽しくなった。

三の丸の普請と並行して二の丸への斜坑が掘り進められた。バイラは相変わらず普請場を見て回り、檄を飛ばしている。ナーガは六十名に増え、ギランに命じて、そのうち二十名に弩を持たせた。迷宮内の戦闘でも、飛び道具は恐るべき威力を発揮する。

私は、テラーニャと相談して、ヴァンパイアを召喚した。懸案だった重作業用ゴーレムを製造するためだ。下層の溜桝に流れ込む水脈に乗って、魔素の流入量も増加している。そろそろゴーレムのための魔石細工を行えるウォーロックを召喚すべきときだった。

召喚門から現れたヴァンパイアは、見たところ四十前後に見えた。もっとも、アンデッドのヴァンパイアにとって見た目の年齢は無意味だ。背は六尺足らず、草色の道服を羽織り、背の割にやや長めの腕、暗闇に浮き上がる病的に青白い肌、総髪に撫でつけた黒髪、鷲鼻の上の細く鋭い目が値踏みするように私を眺めている。

ヴァンパイアは一般に気難しい種族だ。さて、どう話しかければと私が思案していると、ヴァンパイアは急に破顔し、

「やあ、私の名はクルーガ。よろしく頼む」

筋張った腕を伸ばし、私の手を取ってぶんぶん振った。

「私はこの迷宮の指揮官のゼキだ。こちらはアラクネのテラーニャ、私の副官だ」

クルーガは優雅な動作でテラーニャに会釈して、本陣を見回した。

「居心地のいいところだな。気に入った」

クルーガが不敵に笑った。薄い唇の間から鋭い牙が覗いた。

「まだ十分とは言えぬがな」

「いや、迷宮というものは、出来上がりより、作っている途中のほうが面白い。よくぞ呼んでくれた」

クルーガが窺うように目を細めた。周囲を探っているのだろう。

「どうやら魔法職は私だけのようだが」

「ああ、これから魔導兵も増員する予定だが、お主が最初だ」

「それはいい。私が最先任というわけか」

「うむ。行く行くは魔導奉行も務めてもらうことになるが、構わないな」

「責任重大だな。心して務めよう」

楽しそうに肩を揺すり、

「それで、当面は何をすればいいのかね」

「北の工房の隣に研究室用の地積を用意した。迷宮建設用のストーン・ゴーレムを一個中隊六名、製造してもらいたい」

「それは構わないが」

クルーガが僅かに怪訝な顔をした。

「ゴーレムは魔法生物だ。六名ではなく、六体の間違いではないのか」

「ゴーレムにも自我がある。口がないので会話は手信号だがな。だから六名だ」

吸血鬼の細い目が僅かに開き、漆黒の瞳が確かめるように私を覗き込んだ。何かまずいことを言ってしまったかと私は不安になった。しかし、クルーガは、

「ふむ、それは興味深い考えだ」

合点したように頷き、

「承った。確かにストーン・ゴーレムを六名、取り掛からせてもらおう」

私に向かって長身を折り曲げた。

「陣屋を用意している。まずはそこに案内し、それから研究室を見せよう。研究室といっても、今はただの空き部屋だ。必要なものは工房のインプに命じてくれ」

「いや、陣屋は必要ない。研究室に棺を用意してもらおう。後は思索に耽るための長椅子さえあれば十分だ。殿様よ」

# 第三章　ゴブリン危機一髪

「主様、そろそろ主様の御寝所をお造りなされませ」

最近、二人きりになると、テラーニャは私が起居する室を作るようしきりに勧めるようになった。

「私は別に問題を感じておらぬのだがな」

床几に体を預けて私は答えた。目の前の図盤には普請半ばの本丸の絵図が広げられている。至る所に朱筆が入り、インプとゴーレムが掘開している地点を示している。

ここは本丸に設けられた仮本陣だ。最も地表に近い階層である本丸の普請が完成した暁には、本丸の戦闘を指揮する前方指揮所になる。

「疲れればそこらで眠るだけだ。何かあればすぐ起こしてもらえるからな」

「主様がそんなことでは、長屋で暮らす皆が困ります。せめて皆と同じように夜具を使うて御休みなされませ」

「ギランもクルーガも仕事場で寝起きしておるではないか」

「主様はザラマンダーでもヴァンパイアでもございますまい」

テラーニャが冷たく言い放った。こういう物言いをするときは、反論しても無駄だ。

「長屋の空き部屋でも良いのだが」

「それでは長屋の兵らが心休めることができませぬ。別にそれなりの寝所を作らねば」

「まあ、追い追いな」

「主様の『追い追い』は聞き飽きまいた」

テラーニャが口を尖らせた。

「わかった。もうすぐ皆が来るぞ。その話は後だ」

私の言葉を待っていたように、主だった者たちが、騒々しく仮本陣に入ってきた。

「いよいよ地上に打ち入りでござるな。否、この場合は打ち出づるでござるか」

バイラが上機嫌に鼻を鳴らして床几に尻を落とした。さもあろう。彼は本丸の守将に内定している。

「落ち着き給え。地上への出口を開けるといえども、監視哨を設け、地上を見張るだけだ。まだ積極的に外に打って出るには程遠い戦力しかないのだから」

珍しく研究室から上がってきたクルーガが優雅に腰を下ろした。その後ろにはヴァンパイアの男が一名に女が二名、無表情な顔で付き従っている。迷宮にストーン・ゴーレム一個大隊十八名を配備できたのは、彼らヴァンパイアのお陰だ。

「ギランはどうした」

「彼は相変わらずの鍛冶仕事だ。インプどもを指図して鏃を作っていた」

「ぬう」

地上には何が待ち構えているのかわからない。万が一、敵が迷宮に乱入してきたら、全戦力で迎え撃たねばならない。そのため、兵の大半を本丸に集めている。ザラマンダーであるギランも戦力に数えていた私は思わず呻いた。

「仮に戦端が開けば、鏃は幾らあっても足りぬ。それに後詰めだと思えばいい」

クルーガが宥めるように私に言った。

私は不承不承に頷いた。どうせ今から呼びに行っても間に合わない。そのとき、

「殿」

陣幕を寄せて、鎧武者が入ってきた。吹返のない桃形鉢を被り、腹巻に腰下まで伸びた草摺、鎖籠手に鉄脛巾という物々しい出で立ちに、狭い迷宮での使い勝手を考えて打刀を落とし差しにしている。

本陣の土間に埋めたヤマタの牙から生えてきた龍牙兵の一人だ。十八名全員が顔も仕草も似ていて、未だに私は見分けがつかない。

「ミシャか。兵ども揃うたか」

私は龍牙兵に顔を向け、努めて気張って音声を発した。

「精兵選りすぐって控え候。いざ、御大将の御下知を」

ミシャがどすの利いた声で返事をした。

「殊勝なり。では面を見よう」

選りすぐりも何も迷宮の全戦力ではないか。私は心裡で呟いたが、これも戦陣の作法、定められた口上だ。今回の作戦には、出陣の儀を行って、皆の戦支度と戦意を確認する意味もある。

「こちらへ」

ミシャの声に私は重々しく立ち上がった。私もギランが誂えた鎧姿で頭に揉み烏帽子をのせて

いる。動くたびに鉄が擦れる音がする。重くて閉口したが、気負っている皆の前では嫌な顔もできない。

ミシャが陣幕を払い、私はテラーニャらを引き具して仮本陣前の広場に出た。

「方々、御大将御出ましじゃ」

呼び回る声がして、松明が並んだ。灯の下、ナーガに龍牙兵、ラミア、ストーン・ゴーレムらの顔が一斉に私に向いた。

「かねて手筈通り、今宵、我ら地上へ押しだす」

私は殊更に大声で呼ばわった。

応と薄暗がりのあちこちから声が上がった。

「外に何がいるかわからぬ。敵なれば、本丸に引き込み悉く討ち取れ」

応の声が上がった。外は無人の荒野だ。敵がいる可能性など皆無に近い。それは皆も承知している。だが、万が一ということもある。それに、地上に出るという節目に際して、皆の士気を上げる必要もあった。

「シャドウ・デーモン」

「ここに」

足許から四つの人影が浮かび上がった。

物陰に潜む魔物。隠形に長け、隠密を専らとする乱波仕事に向いている。地上に出るに当たって召喚した悪魔だ。

「インプが地上への道をつけたならば、出口周辺の警戒に当たれ。異状なければ、お前たちの掩護下にインプが監視哨を構築し、出口を偽装する。何者かいたらば、極力戦闘を避け、生きて帰って情報を持ち帰れ。よいか、必ず復命せよ」

「心得て候」

シャドウ・デーモンたちが影に沈んだ。私は一同を見回し、

「出口を開くのは三十分後。皆の衆、配置につけや」

私の掛け声で、皆が一斉に動きだした。


バイラがナーガと龍牙兵を率いて地上への連絡壕沿いの武者溜りへと消えていった。ヴァンパイアとストーン・ゴーレムは二の備えとしてバイラたちの後方の待機壕に、ラミア三名は仮本陣脇の包帯所へと入っていった。

私の周りには、テラーニャと、ストーン・ゴーレムの就役により後備として第一線から後退したクレイ・ゴーレムだけが残された。

「後は、地上への出口を開いて、哨所を作るだけだ」

私は床几に身体を預けて烏帽子を毟り取った。禿げた頭に冷気が心地いい。

「まず何事もございますまい」

テラーニャが気遣うように言った。

「まあな。何かあれば、こんな悠長な真似はしておらぬわい」

本来、地上への道をつけるのはもっと後になってからだった。本丸の普請を概ね終わらせ、陣を整えてからにすべきなのだ。だが、長く地中に留まることは士気の重大な弛緩を招く。というわけ

で、バイラやナーガたちの強い進言を受けてこの作戦を決行したのだ。

「外のことは置いておくとして、どうだろうか、事が無事終われば、軽く鎧解きの宴でも開こうと思う。食い物は相変わらずの甘露と地虫しかないが、酒だけは好きなように呑ませてやりたい」

今や、酒蟲の酒桶は二十近くに増えている。

「殿様の申されることなれば、いかようにも」

「お主にも、私の血を吸わせよう。忙しかったであろう。これは私からの礼だ」

「まあ。それは過分な」

テラーニャの細い眼が一層細くなり、その舌が上唇をすっと舐めた。

「吸いすぎるなよ」

「心得ております」


ただ待つというのも、なかなかに居心地が悪い。

「早うジニウは戻らぬものか」

シャドウ・デーモンの頭目だ。彼が地上の敵状の存否を報告し、それを以て出口の築城普請を命じる手筈になっている。

私の愚痴めいた言葉にテラーニャは声を上げて笑い、

「軍陣には禁句がございます。戻れとは引き退くことに外ならず。御縁起が悪しうございます」

「そう申すな。どうせ敵など」

私の返事を遮るように、目の前に唐突に影が持ち上がった。

「わっ」

思わず床几(しょうぎ)から転げ落ちそうになった。

「殿」

そんな私の醜態を気にも留(と)めずに影が喋(しゃべ)る。

「ジニウか」

「は」

落ち着いた口調でシャドウ・デーモンが応えた。

「早かったな。地表はどうだった」

「そのことでござる」

素っ気ないシャドウ・デーモンにしては珍しく、やけに持って回った言い方をする。

「心してお聞きあれ」

「早う申せ」

「地表に人影あり。その数、凡(およ)そ五十。他に馬と羊が百以上、犬が十数」

「何だと」

思わず声が裏返った。

「戦構(いくさかま)えか」

「否、軍兵(ぐんぴょう)とは思えず。無造作に焚火(たきび)を囲み、歩哨(ほしょう)も立てておりませぬ。風体から察するに、恐らくは流民の類いかと」

「信じられぬ。上は草も生えぬ荒野のはず。何処(どこ)から湧いてきた」

「真実でござる」

ジニウの口調に僅かに腹立ちを感じた。

「いや、許せ。お前たちの目を疑っているわけではない。しかし、水も食料もない荒地にそれだけの人数が居坐っているとは解せぬこと」

私はテラーニャを振り返ったが、彼女もどう答えてよいのかわからぬ顔をしている。

「わかった。この目で確かめよう」

自分を鼓舞するためにぱんと腹巻を叩き、烏帽子を被り直した。

「バイラらには伝えたか」

「既に、バイラ殿、クルーガ殿、それにナーガの小頭衆に声をかけまいた。皆、斜坑下の退避壕に控えており申す」

「うむ、他のシャドウ・デーモンは」

「十分に距離を取って風下より見張っており申す。気取られることはないかと」

「流石よな」

私はジニウらの手際を誉めると、テラーニャに振り向き、

「参るぞ」

声をかけて歩きだした。

「まったく」

「殿様、如何なされました」

テラーニャが訊いてきた。重い具足を引きずって歩きながら、つい思っていることが口をついた

ようだ。

「いや、黒龍の次は正体定かならぬ人の群れだ。予想の外ばかり起きて心が休まらぬ」

「だから、御寝所を作られませと何度も申し上げたはず」

それ見たことか、とテラーニャは呆れた顔で私を見た。


「あれか」

インプが開けた開口部の縁から顔を出し、私は隣にいるバイラに尋ねた。差し渡し四尺もないので、私とバイラが並んだだけで、穴はもう満員だ。

窮屈そうな格好のミノタウロスは答えない。かわりに、当たり前のことを訊くなと言わんばかりに小さく鼻を鳴らした。

星明かりの下、四丁ほど向こうに野営の明かりが幾つも瞬いていた。よく観察すると、人と家畜の気配に満ちている。数人単位で焚火を囲んでいるのだ。恐らく夕餉の最中だろう。その周囲に、百を軽く超える羊が草を食んでいる。おかしい。私が司令部から与えられた地形情報では、地表には家畜の群れに食わせるほどの植生はないはず。

「殿、あまり長くいると気づかれる。中へ入り給え」

後ろからクルーガの声がする。私はナーガ兵を監視に残すと、退避壕まで下がった。

「どういうことだ」

私は皆を見回して、自問するように言った。

「この辺りは樹木の一本もなく、生える草も僅かなはず。だが、数多の羊が草を食んでいる」

「そんなことより、今、気に掛けるべきは羊を連れている連中でござるぞ、殿」

バイラが囁くように言った。

「恐らくは遊牧の民だ。あの天幕には見覚えがある」

クルーガの言に私は頷いて、

「問題は、その羊飼いどもが何故こんなところにいるかだが」

「あの草地を目当てに流れてきたのでござろう。それに」

バイラが肩を揺すった。

「気づいておられぬか。連中、泉の周りに天幕を立てておる」

「ちょっと待て、泉だと」

「然り。かなり大きな泉がござるぞ」

夜目の利く彼らは私に見えないものが見えているのだ。しかし、

「面妖な」

迷宮の頭上に泉があるなど、私の予想の外だ。地表は乾燥した荒野だったはず。

「そうでもない。いいかな」

クルーガが口を開いた。

「迷宮は、下層の地下水を喞筒で汲み上げている」

「ああ、その通りだ」

「送水筒を地表近くまで延ばし、余った水を地表に捨て流しているではないか」

「その水が泉を作っているだと」

「その通り。予想しておくべきだった」

「つまり、魔素を含んだ水が泉となり、周囲を草地に変えたというのか」

「迷宮を構えたことで、地脈が大きく動いたのだ。それで砂漠に徳池が顕（あらわ）れたのだろう」

「むう」

私は頭を抱えた。目立たぬように細心の注意を払って迷宮を広げてきた積りが、とんだ蹉跌（さてつ）をきたしていたとは。

「殿、それより連中の始末でござる」

バイラが急（せ）かすように、

「連中は油断しておる。今なら押し包み証拠を残さず鏖（みなごろし）にでき申す」

まるで、丸々太った地虫を見つけたときのように、さらりと血腥（ちなまぐさ）いことを言った。

「できると思うか」

私は疑わしげに首を振り、側に控えているナーガのネスイに尋ねた。

「難しうござろうな。連中は馬を持っている。馬で逃げられれば、徒歩（かち）の我らに追いつく術（すべ）もない。一人でも逃せば我らの企（たくら）みは破れ申す。日ならずして討伐の軍勢が差し向けられるでござろうな」

「むう、ならばどうすればいいと言うのだ」

バイラが不満そうに首を傾けた。

「ジニウよ」

私はシャドウ・デーモンに声をかけた。

「ここに」

側壁の影が急に盛り上がった。

「種族はわかるか」

「全てゴブリンでござる。他の種族は見当たらず」

緑肌の矮人（わいじん）。非力だが敏捷（びんしょう）で狡猾（こうかつ）。苛烈な環境によく耐える亜人だ。

「恐らくは遊牧を生業とする部族なのだろう」

クルーガが納得したように口に出し、

「どうするかね。皆殺しにしてもいいが、まだ『屍者の坑（ししゃのあな）』もない」

残念そうに腕を組んだ。

屍者の坑（ししゃのあな）、屍坑（しこう）またはデス・ピットとも呼ばれる巨きな墓穴だ。死体を放り込んでおけば、自動的にスケルトン兵が生成される。戦術級の迷宮には必須とされる施設だが、まだ投げ込むべき死体がなかったので掘ってもいいない。

「よし」

私は心を決めた。全員の目が私に集まった。

「明日の朝、連中と交渉する。ここで兵杖（ひょうじょう）の沙汰に及べば、迷宮の位置を敵に通報されるだろう。ここは穏便に事を運びたい。鼎（かなえ）の同盟から軽んじられているゴブリンならば、交渉も可能だろう」

「手緩（てぬる）うござるな」

憮然な顔をするバイラに私は言った。

「交渉が決裂すればお前の出番だ。そのときは」

「そのときは」

「賄の献立に羊と馬の肉が加わることになる」

「それとゴブリンの生き血も」

薄く笑ってヴァンパイアが付け足した。


翌朝、鎧姿を解いた私は、テラーニャ手製の小袖と夏羽織に着替え、頭を裹頭に包んだ。付き従うのはテラーニャのみ。バイラやナーガ兵らが同行を願いでたが、異形の者どもを連れてゴブリンたちを無用に刺激したくない。

「せめて腹当なりとも召されよ」

バイラは私の身を案じて言った。

「テラーニャ殿の糸を信じぬわけではないが、その形は些か心細うござる」

「無用。戦の談判に行くわけではないのだ」

言い置いて、私は手桶を提げて出口に向かった。斜坑の側壁には、長柄や弩を手にしたナーガ兵たちが立ち並んで、私を凝っと見送っている。危ないと見れば一斉に飛びだすことになっていた。

出口近くには龍牙兵たちが待ち構えていた。太陽の光が入ってきて、斜坑の中の埃を照らしたため、辺りはまるで蛍が乱舞しているように見えた。もっとも、私は蛍を見たこともないのだが。

「シャドウ・デーモンの報せでは、多くはまだ寝入っており申すが、数名、天幕から出て外で何事か用事をしている模様。いずれその数は増えましょう」

ミシャが私の耳に口を寄せた。

「わかった。警戒を怠るなよ」

「無理をなさらぬよう」

バイラが念を押すように言った。

「精々気を付けるとしよう」

「テラーニャ、殿を頼み申すぞ」

「あい。お任せあれ」

僅かに蒼(あお)ざめた面持ちでテラーニャが答えた。

やがて、私は出口を抜け、生まれて初めて地上に出た。顔に風を感じた。立ち止まって東に目を転じると、遠く山々の稜線(りょうせん)に日が顔を出している。あれが太陽か。あまりの光量に思わず目が眩(くら)む。ようやく慣れた目を天空に移した。抜けるような青空。畜生、月並みな感想しか出てこない。

私は呆けたように口を開け、ひたすらに天を見つめた。

「主様、如何(いかが)なさいました」

テラーニャが小声で尋ねてきた。

「ああ、初めて外に出たものでな」

実際、私は呆(ぼ)けていたのだろう。テラーニャが心配そうな顔で私を見ている。

「許せ、知識として心得ていても、体験するのは初めてで、つい我を忘れてしもうた」

「主様」

テラーニャが低い声で囁(ささや)いた。まるで抜けていく私の魂を呼び戻そうとするかのように。私は気を取り直して視線を戻した。遠くにゴブリンたちの天幕が見える。それに羊と馬の群れ。それが私の意識をはっきりと現実に引き戻した。

「うむ、思っていたほどの感慨は湧かぬな。やはり精霊は感情を持たぬからか」

「まあ」

安堵(あんど)したのか、テラーニャが小さく笑い声を漏らした。

「主様ほどに感情豊かな迷宮主を妾は知りませぬ」

「そうなのか」

「ええ、さあ、早う参りましょう。バイラ殿らが心配いたします」

「そうだな」

私は再び歩きだした。

一丁も歩かないうちに、向こうも私たちに気づいたようだ。外で馬の世話をしていたゴブリンが私たちを認めるや、大音(だいおん)で喚(わめ)きだした。そこからは卓袱台(ちゃぶだい)を引っくり返したような大騒ぎだ。甲高い悲鳴のような警告がここまで聞こえてくる。

天幕からわらわらと人数が出て、ひとつ所に固まるのが見えた。全員が武装している。女子供までが刃物を構えて私たちに向けた。

低く唸(うな)る巨大な犬たちの首を必死で押さえているゴブリンもいた。彼らが手を離せば、私はその唸(うな)り声を咽喉元で聞くことになるのだ。

「主様」

テラーニャが小さく鋭い声で囁いた。

「慌てるな。このまま行くぞ」

ゴブリンたちは、丸腰の私たちを見て、どう扱えばいいのか思案しているようだった。が、すぐに三人のゴブリンが群れから飛びだしてきた。

「ふむ、ゴブリンどもめ、よう躾られているな」

私は感心した。あの三人がこの一族の主だった者たちなのだろう。

私たちは更に距離を詰めた。五歩の距離で、ようやく中央のゴブリンが手を挙げた。停まれという意味なのだろう。そう察して私は立ち止まった。

三人のゴブリンが無遠慮な眼差しを私に向けてきたので、私も彼らを値踏みすることにした。

三人ともまだ若く同じ装束だ。背は五尺に満たないが、瘦身矮軀なゴブリンにしては肩が厚く腕も太い。革の頭巾を被り、単衣に革の胸当て、下半身は革袴で、右手に弓懸を挿している。三人とも、左肩に半弓を掛け、弓手に短い小刀、馬手の箙に矢が並んでいるが、真ん中のゴブリンのみが二尺足らずの打刀を差している。背後に控えている不安げな顔のゴブリンたちより上等な服を着ているのは、この群れの指導層だからだろう。

やがて、間が持たなくなったのか、中央のゴブリンが口を開いた。

「ヌバキの族長、カゲイだ」

それだけ言って物凄い形相で睨みつけてきた。

「私はゼキ。この地の住人である」

私も負けずに傲然に言い放った。下手に出ては逆効果と思ったからだ。

「貴様らは何者だ」

カゲイが迫るような低い声で言い、刀の鐺を反らせた。

声が届かなかったのかと思った私はもう一度言った。

「ゼキだ」

私の愚答に苛立ったのだろう。カゲイの顔が歪んだ。

「貴様の名を問うたのではない。この地は我ら以外に誰もおらぬはず。それなのに貴様らは前触れもなく現れた。奇体なり」

ああ、そういうことか。私は納得した。

「その認識は誤っている。この地は私のものだ。これまでも、これからも」

「騙されんぞ。この地に入ってから五日。昨日まで我ら以外に人影を見ておらぬわ」

カゲイの左手に控えたゴブリンが声を荒らげた。

「差し詰め、この草地を横取りせんとする流匪であろう」

「控えよ、ヒゲン」

カゲイが窘めるように言った。

「無礼を詫びよう。ゼキ殿とやら。その風体、とても盗賊野盗の類いには見えず」

「いや、疑うのも無理はない。私の塒は地中にあるが故に」

「ほう、地中とな」

カゲイの薄い眉がぴくりと動いた。

「何人ほどおられるのか」

あまりにも露骨な問いに、私は思わず嬉しくなった。人数が少なければ、私たちを殺し、住居を奪おうと企んでいるのだ。こういうところは盗賊も遊牧の民も変わらない。特に、この群れのように公儀の仕置の埒外にいる連中は。だいたい、ゴブリンは、商売と略奪を区別しない。

私はだんだんとこのゴブリンの若者が好きになってきた。殺すには惜しい。

私は薄ら笑いを浮かべた。

「試してみるかね」

私の考えを察したのだろう。テラーニャがしゃっと息を吐き、全身の力を抜いた。まるで、獲物に飛び掛かる機を待ち構える肉食獣のように。彼女は中級兵魔のアラクネだ。ゴブリン三人を引き裂くのに一呼吸もいらない。

私とカゲイの間の空気が細い刃に触れられたように震えた。殺気を察したゴブリンの群れに動揺が走る。

どれくらい刻が経ったのか。だが、それほど長い時間ではなかったはずだ。

先に手を上げたのは、ゴブリンたちのほうだった。

「いや、これは悪しき物言いをした。改めて詫びよう」

すっとテラーニャの殺気が遠のいていく。私は内心安堵した。

カゲイは緩慢な動作で弓を肩から外して足許に置き、刀を鞘ごと抜いて弓の横に並べた。それを見て、残る二人のゴブリンもカゲイに倣って弓を置いた。

「そうか、それは良かった」

私はテラーニャに目をやった。

「テラーニャ、もう大丈夫だ」

カゲイはまだ、用心深く窺うように私を見ている。

「ところで、どういった用向きで参られたのか」

「我が土地を訪れた客人に挨拶に参ったのだ。危害を加える気は毛頭ない。これは手土産」

私は手桶を差しだした。

「我が邸で造った酒だ」

「待たれや」

カゲイが私の動きを制するように手を上げた。

「何か」

「まずはその面を見せられよ」

「これは失礼した」

私は手桶を置き、顔を覆う布を取った。ゴブリンたちが息を呑む。

「魔族か」

私の青灰色の顔が朝日に晒され、ゴブリンたちから呻き声が上がる。

「何故魔族がここに」

「戦乱に倦み、国を棄てて僻地に遁世した、と言えば信じてもらえるか」

「何故この地に」

「ここならば誰の目にも触れぬと思ったのだ」

「わかった。信じよう」

全然信じてない目でカゲイが言った。真偽などどうでもいいのだろう。彼にとっては、一族を養うために泉と牧草地を使えるかどうかのほうが問題なのだ。

「静かに暮らしたいのだ。泉も草も好きに使っていい。この土地のことを吹聴しなければな」

「よいのか」

思いがけない言葉に動揺したのだろう。カゲイの声が僅かに裏返った。

「ああ、私には特に用のないものだ」

「かたじけない。我が部族を代表して礼を申す」

カゲイが深々と頭を下げたのを見て、ヒゲンともう一人も狼狽(うろた)えながら私に礼をした。

「では、改めて」

私は懐から土器(かわらけ)を二つ取りだすと、柄杓(ひしゃく)で酒を注ぎ、二つともカゲイに差しだした。毒など入っていないことを示す作法だ。

カゲイが片方の土器(かわらけ)を取ると、私はもう一方に口に運び、くいと呷(あお)った。それを見ていたカゲイが恐る恐る口をつける。

「ふむ、なかなかの上酒でござるな。我らの馬乳酒とは趣(おもむき)が異なるが」

カゲイは土器をヒゲンに回した。

「後で一樽(たる)運ばせよう。皆で呑(の)んでもらいたい。それと」

私はテラーニャに小さく頷(うなず)いた。

テラーニャが風呂敷(ふろしき)包みを解いて私に手渡した。賽(さい)の目(め)に切り揃(そろ)えた甘露が現れた。

「これは」

「これも私たちが作ったものだ。甘露という」

カゲイは甘露を手に取って暫く眺めていたが、

「ふむ、我らが羊の乳から作る乳酪に似ておる」

ひとつ手に取って口に入れ、

「味もよく似ておる」

私に向かって面白くもなさそうに言った。

「なんと。それは残念なことをした」

「いや、気になされますな」

「こんな場所故、他に差し上げられるような物はない。後はデス・ワームの肉くらい」

突然、ゴブリンたちがざわついた。

「今、なんと申された」

「あ、いや、デス・ワームの肉と」

カゲイの目が輝いた。

「なんと、大地虫の肉といわば、都でも評判の乙味でござるぞ」

地中深く潜むために滅多に獲れず、貴族や有徳人でもなかなか口にできない高級食材という。

「え、あんなものが」

私はテラーニャと顔を見合わせた。彼女も微妙な顔をしている。私はカゲイに向き、

「何かの間違いではござらぬか。あんなもの、始末に困るほど湧いておる。なあ」

テラーニャに同意を求めるように振ると、

「あい、まことに」

テラーニャが軽く頭を下げた。

「良ければ客人にも振る舞おう。戻って」

そこまでテラーニャに言いかけて、私は思案した。まだ、インプやナーガを表に出すのは時機が早い。ミノタウロスやヴァンパイアなど以ての外だ。

「ミシャたちに言って、運ばせてくれ」

龍牙兵なら外見も人に近い。まず怖がられることはないだろう。

「いかほど運ばせましょうや」

「そうさな」

私はゴブリンたちを見回した。多すぎても困るだろう。

「取り敢えずは十貫ほど。それに、酒の大樽をひとつ、いや二つ頼む」

「心得ました」

テラーニャが一礼して去っていった。それを見届けて、

「暫く待ってもらえるかな。持って上がるのに刻がかかる」

私はゴブリンたちに声をかけた。

「ならば、我が天幕に案内しよう。こちらへ」

カゲイが腰を落として弓と刀を拾い上げた。

ゴブリンの天幕は円筒形で、中央に装飾された柱が二本、壁は格子状の木組で構成され、床は板敷、天窓の下に急拵えの炉が切られている。

移動生活を旨とするからには、それなりに機能的なのだろう。我が軍の野戦天幕に比べて合理的な構造とは思えなかったが、居住性はこちらのほうがずっと良さそうだった。多分、この天幕には、終の棲処としての伝統や祖先への敬意のような、余人には与り知れぬ価値があるに違いない。

中にはゴブリンの若い女と少年が緊張の面持ちで立っていた。恐らくカゲイの妻子だろう。カゲイは二人に茶の支度をするよう告げて追いだすと、私に円座を勧め、炉を挟んで自分たちも坐った。

「改めて挨拶いたそう。我は一族を統べるカゲイ、こちらはヒゲンとハマヌと申す」

カゲイが二人の仲間を紹介した。私も居住まいを正し、

「これはご丁寧に。我が名はゼキ、先ほどの連れの女はテラーニャと申す」

「テラーニャ殿と申されるか。先刻、かの女性が発した気、ただの賤女とは思われず」

「ああ、テラーニャはアラクネでござる」

「我らは命拾いしたことになる。流石は魔族、魔物を従えておられるとは豪気な」

カゲイが両隣のヒゲンとハマヌの膝を交互に叩いて豪快に笑った。肝太いところを見せようとする演技か、それとも本音かわからなかった。

ほとんど待つ間もなく、先ほどのゴブリンの女が天目に入った茶を運んできた。

「紹介しよう。我が妻のミゼルでござる。この」

と顎を振ってヒゲンを指し示し、

「ヒゲンの妹で」

「それはそれは、ゼキと申す。御亭主と懇意になりましてな」

私はミゼルに正対して丁重に頭を下げた。が、ミゼルは私に鋭く一瞥をくれると、早々に天幕から出ていってしまった。

「申し訳ない。魔族を迎えるのは初めてでござってな。悪しう思われますな」

カゲイが取り成すように言った。

「いや、それがし、見ての通り悪相でござれば、申し訳ないことをいたした」

私の返事が気に入ったのか、カゲイは膝を叩いて何度も頷いた。

「さあ、茶など召されよ。我が一族は総じて他の部族より質素を旨といたしておるが、茶のみは奢ってござってな。一族秘伝の磚茶でござる」

私は天目に口をつけた。確かに美味い。

「我らはこれに馬乳を入れて喫むが、客人にはこのほうが良いと思いましてな」

カゲイの顔が嬉しそうに綻んだ。客を持て成すことを素直に喜ぶ。根は悪い男ではなさそうだ。

私は天目を置くと、

「随分と難儀されておるようですな」

ぼそりと呟くように言って、三人の顔色を窺った。

案の定、三人は揃えたようにさっと顔を強張らせた。

「どういう意味でござるか」

今まで黙っていたハマヌが押し殺した声で言った。

「僭越ながら、御一党の中に年寄り少なく、外の天幕にも戦の跡が少なからず」

この天幕はほとんど無傷のようだが、他の天幕には矢に射貫かれた跡や焼け焦げを繕った形跡が幾つも見えた。それも全て新しい。

「御慧眼かな」

気まずい沈黙の後、沈痛な面持ちでカゲイが口を開いた。

「昨年、エルメア王の軍勢がイドの町に砦を築き、軍馬を養うため周辺の草地から遊牧の民を追いだしにかかりおった。我ら遊牧のゴブリンは、少ない牧草地を巡って部族同士で相争う羽目になり、我が一族も敵の部族の奇襲を受けて多く討ち取られ、なんとか生き残りを束ね、命からがら、こうして東の辺境に逃げ落ちて参った次第」

悔しそうに顔を歪めた。

「いっそ、魔王領に身を寄せようかと東を目指して進むうちに、この泉を見つけた次第でござる」

「まことに僥倖でござった」

ヒゲンが何度も頷いた。

「うむ、一族悉く他の強盛な部族の奴婢に成り果て、または枯野に屍を晒し、祖霊を祀ることも叶わぬ仕儀になった者も少なからず」

カゲイは、遣る方なさそうにぐいと天目の茶を呷った。

私は彼らに同情を抱いたが、それでも聞いておかねばならないことがあった。

「ここから北に十里ほどのところに、東西に走る道があり、そこから二十里ほど西に町があると聞き及んでいたが、其処がイドでござろうか」

そこに王国の軍勢が駐留していれば、由々しい事態だ。

「ああ、それはハクイの町でござろう。イドの町はそれより征東街道を西に十五里」

「ふむ」

私は秘かに安堵した。それだけ離隔しているとなれば、軍を発してもこの迷宮に至るまで最低三日はかかる。

「だが」

カゲイは腕を組んで俯いた。

「そのハクイも何やら兵乱があったと聞き及び申す。故に我ら、騒ぎを避けて街道を大きく離れ、この荒野を進んでおったのでござるわ」

私は内心の動揺を押し殺し、

「それは災難でござったな。せめてこの泉で好きなだけ逗留なさるがいい」

カゲイの空いた天目に持ってきた酒を鷹揚に注いだ。

「かたじけない」

ゴブリンの族長は深々と頭を下げた。


やがて、天幕の外が騒がしくなってきた。

「地虫の肉が届いたようだ」

そう告げて、私は立ち上がった。

「すまぬが私はゴブリンの作法を知らぬ。外に出て我が家の者どもを迎えてよいかな」

「ああ、無論でござる」

ヒゲンが素早く動いて天幕の入り口の外布を捲り上げた。

天幕から顔を出すと、丁度、テラーニャを先頭に龍牙兵たちがやってくるのが見えた。朝の光を受けて具足の黒鉄が鈍く光る。

干し肉を入れた鉄鍋を運ぶ鎧武者が十名、その後ろに四名に担がれた大樽が二つ。地中から湧いたような皆者の群れを見て、ゴブリンたちに動揺が走るのを感じた。テラーニャめ、牙兵を全て連れてきたのか。

「あれもゼキ殿の御家来衆でござるか」

呆けた顔でカゲイが訊いた。

「いかにも、我が家人でござる」

「殿様、参りました」

「うむ、ご苦労」

私はテラーニャの耳に口を寄せ、

「全員連れてきたのか。ゴブリンどもが怯えておる」

ゴブリンらが小さく円陣を組むように寄り集まり、固唾を呑んでこちらを見ている。

「殿を害そうなどと思わせぬためには必要なこと」

テラーニャは平然と答えた。気を利かせた積りなのだろう。

小言のひとつも言おうと思ったが、既の所でなんとか言葉を呑み込んだ。彼女なりに私の身を案じてくれているのだ。

そうこうするうちに、鉄の小札を軋ませて、ミシャがやってきた。

「殿、御無事でありましたか」

「ミシャか、大儀だったな。賄の真似までさせてしまった」

「何を申される。我ら龍牙兵、野陣にては君側に侍り、俎板庖丁を扱うのも役目のひとつでござるぞ」

酒で煮込みを作りましょう。我らが料理の手並み、よう御覧じろと勢い込んで言いだした。

「いや、待て、待て」

私は慌てて両手を振った。

「調理はゴブリンたちに任せる。これも向こうへの礼儀」

私は真面目な顔で出鱈目を言った。

「礼儀でござるか」

胡散臭い目つきでゴブリンらを眺め回しながら、ミシャが訊いた。

「おう、礼儀だ、ゴブリンへの礼儀。お主らは迷宮に戻り、バイラに伝えよ。出口の警戒に数名を残し、他の者は通常の警備に戻れ、とな」

「承った。しかし」

面甲の奥でミシャの目がぎらりと光った。

「万が一のこともござる。何名か残しましょう」

「万が一とは何だ」

「ゴブリンの本性は狂暴、安心できませぬ。殿に何かあれば、我らは役目懈怠（やくめけたい）の誹（そし）りを免れず」

お前たちのような物騒な格好の連中が残るほうが余程危うい、と口を滑らせかけたが、

「大事ない。シャドウ・デーモンらが蔭共（かげとも）しておる。それに、お前たちが迷宮を固う守ってくれているお陰で、私は安心してゴブリンどもを相手できるのだ」

私の言葉にミシャは目を輝かせ、感じ入った顔をした。

「そこまで我らを頼りにされておられるとは、武人冥利に尽き申す。それでは仰せのままに。留守はお任せあれ」

具足の重さを感じさせぬ跳ねるような足取りで踵（きびす）を返（かえ）し、他の龍牙兵をまとめて坑口へと戻っていった。


龍牙兵たちが地下に戻るのを見届けて、私はカゲイらに振り返った。

「申し訳なかった。我が家人（けにん）どもは武骨者揃（ぞろ）いでござってな」

殊更に明るく笑いかけた。

「お約束のデス・ワームの肉でござる。朝方ではあるが、酒（さき）もござる故に、打ち揃（そろ）ってお召しあれ」

それでもゴブリンたちは用心深く、動こうともしない。

困った私はカゲイにそれとなく目配せした。

カゲイは私に無言で頷（うなず）くや、鍋のひとつに歩み寄り、肉を摘まみ上げて、一口齧（かじ）った。

「確かに地虫の肉じゃ。佳味（かみ）かな」

大仰に言って立ち上がると、一族の者たちに、

「ゼキ殿の御振る舞いじゃ、有難ういただかねば非礼であろう」

ゴブリンたちは飢えていたのだろう。族長の声に、皆がわっと鍋に群がった。


ゴブリンの野営地は朝から野宴の席になった。

私とテラーニャはカゲイらと並んで色彩豊かな毛織の敷物に席を与えられた。

ゴブリンたちは、鍋に味噌や雑穀、野菜などを放り込んで雑炊を作っている。どれも私の迷宮にはないものだ。碗を回されたので、一口啜ってみると確かに美味い。

「ふむ、良き味でござるな」

私の言葉に、カゲイは愉快そうに笑った。

「不思議の御方かな。あれだけの御家来衆を抱え、見目好きお上臈を連れながら、ゴブリンの下手な雑汁に舌鼓を打たれる」

「ほほ、お上手でございますこと」

誉められたテラーニャが口に手を当てて小さく微笑んだ。

「恥ずかしながら、地虫の肉と甘露と酒を除いて、我が家も不調法でござってな」

「ふむ、地虫の礼に味噌など差し上げたいが、我らも余り持ち合わせがござらぬ」

カゲイがすまなそうに言うので、

「いや、気遣いは無用でござる。詰まらぬことを申した」

私は慌てて手を振った。

宴の席は酒も回り、やがて誰からともなく歌が出て、手踊りまで始まった。酒が入って踊りだすのはナーガやラミアたちも同じなので、別段驚きもしなかったが、柄にもなく優雅な舞を披露する者もいる。

中でも長い髪のゴブリンの娘が、破れ扇を手に思いもよらぬ上手な舞を見せていた。

それを眺めていると、酒で上機嫌になったハマヌが、

「我が姪にござる。名をメイミと申してな。戦で両親を亡くし、やつがれが世話を」

「ほう」

手にした扇には、紅梅の図が描かれていた。

「随分と塞ぎ込んでおり申した。あれほど明るく振る舞うのは久し振りでござる」

「それは良うござった」

ハマヌは酔眼を向けて、自家製らしい馬乳酒を私の茶碗に注ぎながら、

「やつがれが申すのも何だが、麗しうござろう」

「確かに」

「今宵の伽に如何であろうか」

平然と際どいことを言った。

「え、今、なんと」

亜人には、客人を持て成すのに夜伽を勧める風習がある。他者との友誼を深めるための儀式のひとつだ。知識としては知っていたが、実際に直面するのとは話は別だ。私は情けないほどに慌て

た。

　途端に背に冷え冷えとした殺気を感じた。振り向かなくてもわかる。テラーニャだ。

「それは御遠慮申し上げる。あれほどの美女、想いを寄せる者も多かろう」

伽を勧められた側が断っても非礼には当たらないし、執拗に勧めるのも礼を失することになる。生態が違いすぎて性交することも難しい種族も少なくないのだ。

「そうでござるか」

　特に残念でもなさそうにハマヌは呟いた。彼も礼儀として勧めただけなのだろう。背後の殺気が収まるのを感じ、私は秘かに胸を撫で下ろした。


　太陽も中天に差し掛かった頃、宴の騒ぎもようやく収まろうとしていた。

　カゲイは私に乳茶の茶碗を差しだし、

「思わぬ馳走に預かり、改めて礼を申そう」

「いや、私もこの地で初めての客人を迎え、楽しうござった」

「地虫の肉にこの牧草地、報いたいが、今、お渡しできるものといえば、羊の毛と僅かな味噌くらいしか」

　すまなそうに言った。この若い族長は、一方的に施されることで、私の風下に立つことを危惧しているのだ。私も本題を切りだすことにした。

「デス・ワームの肉が御所望なら、好きなだけ差し上げよう」

　その言葉にカゲイが眉を上げた。左右に控えるヒゲンとハマヌがはっとして私を見つめた。私はできるだけ平然を装って告げた。

「町に持っていけば、高う売れよう」

窺うようにカゲイらを見返した。カゲイは考え込むようだったが、

「何故、ゼキ殿は御自身で売りに行かれぬのか」

醒めた声で言った。カゲイだけは酒を呑んでいなかった。

「ひとつには、魔族である私が町に出れば、何かと不都合があること」

「魔王の支配を嫌い、西に逃れたる魔族は珍しうござらぬが」

「だが、その魔族が高価なデス・ワームの肉を扱うとなれば、話は別でござろう」

「ふむ、確かに」

カゲイは表情も変えずに頷いた。

「もうひとつ、味噌もそうだが、我らは生活の道具が色々と不足している」

「ふむ」

「そこで、地虫の肉を売って得た銭の内で、贖うてきてもらいたい」

「何を贖えば良いのかな」

「そうさな」

私は腕を組んだ。

「味噌の他にも穀類や野菜の種、絹を数反、それに什器を一揃い、細かいことはお任せ申そう。

まあ地虫の売り上げ次第でござる。足が出るならば無理せずとも苦しからず」

「それくらいなら造作もないことだが」

「ああ、それと、煙草の葉も少々お願いしたい」

「承った。明日の朝、早速にハクイの町に売りに出立いたそう」

「ハクイの町は何かと物騒なのでは」

「何、あそこはもともと亜人の町。危うければ他の町に向かうまで」

「かたじけない。地虫の干し肉は夕刻までには届けさせよう」

私たちは頭を下げるゴブリンたちに見送られ、宴の場から離れた。

「うまくいったかな」

それとなくテラーニャに尋いた。

「まずは上々かと」

「ふむ。ミシャに言ってデス・ワームの肉を届けさせねばならぬな。長持ちに五つほど届けさせよう。どうせ捨てるほど余っておる」

「まさか、地虫の肉がそれほど珍重されておるとは思いもしませなんだ」

「そうだな、瓢箪から駒とはまさにこのこと」

「それに」

「何だ」

「嬉しうございました。煙草のこと、主様がお覚えになっておられました」

「どうして忘れることがあろうか。お前が望んだことであろうに」

「うふ、うふふ」

本当に嬉(うれ)しそうに笑うので、私は少し気味悪くなってきた。

翌朝、日が昇る頃には、ゴブリンの部族は野営地を引き払って姿を消していた。

地面には無数の蹄(ひづめ)の痕、それに轍(わだち)が縦横に残されていた。いずれも北西へ向かっている。

「羊や馬の糞(ふん)すら残さぬとは」

踏まれた草を確かめながら、私は呆(あき)れて声を上げた。

「焚(た)きつけにでも使うのだろうな。遊牧の民は物を無駄にしない」

クルーガが目を細めて言った。ヴァンパイアなので眩(まぶ)しい光は苦手なのだろう。

「見事な退き口でござった。ほとんど音も立てぬとは」

バイラが感心したように鼻を鳴らした。

「それでもちゃんと土産も残しておる。律儀なものよ」

野営地の跡に洗った鍋の山と羊毛の束が二抱えほど、それに味噌樽(みそだる)がひとつ置き去られていた。

「それにしても、デス・ワームの肉を売りに行くだけならば、女子供まで連れずともよろしいのに」

羊毛を撫(な)でながらテラーニャが言った。

「ハクイの町とやら、何が待ち受けているのかわからぬのでございましょうに」

「人質を残したくなかったのであろう」

私は地平線を眺めながら答えた。

「なるほど」

クルーガが呟くように言った。

「では、殿様はゴブリンらがもう戻ってこないとお思いなので」

テラーニャが眼を上げて私を見つめた。

「五分五分だな。戻らずとも、我らが失うたは地虫の肉のみ。損はない」

「いんや、殿は大層な損をしたことになりますぞ」

バイラが肩を揺すった。

「どういうことだ」

「メイミなる娘、大層に美しうござるそうな。殿は馳走になり損ねましたな」

面白そうな面で私を見下ろしてくる。

「貴様、どうしてそれを」

「シャドウ・デーモンから聞き及んでござるわ」

口の軽い影法師どもめ。私は後悔した。

「惜しいことをしたな。側女にして、あの一族を取り込める好機を逃した」

クルーガが巨魚を逃したような残念な顔で言い添えた。このヴァンパイアは、時折冗談か本気なのかわからないことを言う。

「むう、そのようなこと、考えも及ばなんだ。これは失敗った」

調子に乗って思わず軽口を叩いた。が、ふいに視線を感じて振り向くと、テラーニャが細い眼を強張らせ、石のような表情で冷たく私を睨んでいる。

「わけがないであろうが。だいたい、そのようなことであの一族を手下にできるなら苦労せぬわ」

慌てて言い添えて、わざとらしく笑ってみたが、テラーニャの視線がとても痛い。

「なあ、そうであろう」

私は縋る想いで皆を見回した。

「うむ、軒を貸して母屋を取られるの例えもござる。御分別でござったな」

バイラが得心したように何度も頷いた。

「であろう」

私は取り繕うように胸を張りながら、このミノタウロスへの沸き上がる怒りを必死に抑え込んだ。元はといわば、お前がいらんことを言うたせいであろうが。

私はなんとか気を取り直した。今後のことを指示せねばならない。

「シャドウ・デーモン」

私を窮地に追い込んだ出歯亀どもを呼んだ。

「ここに」

影が四つ、出し抜けに取り囲むように私の周囲に立った。涅色の皮を張り付けた骸骨のような悪魔。片膝をついて、空虚な眼窩が私を見上げた。

「立て。いちいち控えなくてよい」

私の言葉に、四人は一斉に無言で立ち上がった。

「ゴブリンどもは何時起った」

「二時間ほど前に」

ジニウがほとんど口を動かさずに答えた。

「日の出前に出立したのか」

「追いますするか。今なら捕捉するのも容易いかと」

「無用、それより今は休め。明日より、二名一組で出口の周辺を見張れ。近いうちにシャドウ・デーモンの数も増やす。お前が差配せよ」

「承り申した」

「ならば室へ戻れ、大儀だった」

答えるかわりに、シャドウ・デーモンたちは一斉に一間ばかり飛び退いて、そのまま溶けるように消えた。

「いちいち芝居がかった者どもでござるな」

バイラが呆れ顔で言い、ごきりと首を鳴らした。

「さて」

私は一同に向き直った。

「ゴブリンどもが戻るにせよ戻らぬにせよ、この迷宮の位置はエルメア王国の者どもにも知れたと思わねばならぬ」

「それは早計ではなかろうか。殿はゴブリンの族長に口止めなされたはず。彼らが戻ってくるならば、我らのことは余人に知られておらぬと考えてよいのでは」

バイラが訝しげに訊いてきた。

「人の口に戸は立てられぬ。あの一族の誰かの口から漏れると覚悟すべきだ。それに」

私は空を仰いだ。

「この緑地のことはいずれ航空竜騎兵の空中偵察で知られるだろう。むしろ、もう知られておってもおかしくない。恐らくは」

「恐らく、とは」

クルーガが先を促すように訊き直した。

「いずれ、王国の息のかかった者がやってくる」

一同が小さく嘆息した。

「ふむ、冒険者どもでござるな」

バイラが皆を代表して答えた。冒険者とは、鼎の同盟が使う不正規兵のことだ。長距離斥候や焼き働き、破壊工作に長けた半民半兵の輩。その残虐ぶりと好戦的な性格で、鼎の同盟の国々で傭兵として重宝されている。敵は軍を動かす前にまず冒険者を投入するのが常だった。

「如何なさる」

ミノタウロスが心配そうな顔をした。

「バイラよ」

「は」

「迷宮の出口に陣屋を設ける。急拵えでよい」

「何故に陣屋など。このような地形で、屋形など構えても守りきれませぬぞ」

「砦ではない。ひとつは迷宮の坑口を上空から隠すためだ。現地住民に知られた今となっては、普通に偽装しても隠しきれぬ。更には、私がたまたまこの地に居を構えたふうを装うため。可能ならば、地虫の肉を扱う商人の振りをするのだ」

「ならば、すぐにでも」

「それと、本丸の普請も急がねばならぬ。冒険者が来たらば本丸で悉く首にする」

「迷宮普請はミノタウロスの御家芸。お任せあれ」

バイラがどんと胸を叩いた。

「クルーガにはゴーレムを使って二の丸に穴を掘ってもらう。できるだけ大きな穴だ」

「屍者の坑か」

クルーガは察しがいい。

「うむ」

「掘るに異存はないが、穴を管理する者が要る。私は本格のネクロマンサーではない」

「うむ、今日にも召喚しよう」

「それなら問題なかろう。では」

足早に立ち去るバイラとクルーガを見送り、

「さて、忙しうなるぞ」

一人残ったテラーニャに何気に語り掛けたが、テラーニャは答えない。澄ました顔で遠くを見ている。まるで私を視界から消したように。

「何だ、ゴブリンの娘の件をまだ怒っておるのか」

「怒ってなどおりませぬ」

気色ばんだ顔で私を睨みつけた。

「だいたい、主様は御自分のお顔を御覧になったことがおありなのですか」

「はて」

「禿げ上がったお頭に鍾馗髭、目は四白の凶眼、まるで黒入道のよう。これで女子に好かれようなど沙汰の限り」

「そんなに酷いか」

色男ではない自覚はあったが、こうも生々しく指摘された衝撃に私はよろめいた。

「悪面相でございます。ゴブリンの童らも、主様を見て怯えておりました」

「むう」

否定できない。カゲイの息子が引き攣けを起こしかけたのを思いだした。

「そのような主様を平気な女子など」

そこで急にテラーニャは眼を伏せ、消え入るような小さい声でもごもごと何事か呟いた。よく聞き取れなかった。

「え、何だと」

テラーニャの顔がみるみる朱に染まる。

「だから、他所の娘に色目など使われますな」

テラーニャは言い捨てるように叫んで、隠すように向こうに顔を背けた。

「すまん、今、なんと申した」

テラーニャは答えず、すたすた歩きだしてしまった。

「おい、待て、待ってくれ」

迷宮に戻った私は、三の丸に隣接する黒龍の洞に向かった。壁も床も冷たい石がむきだしになっていて、崩落を防ぐ材でそこかしこが補強されている。

湿気とともに、もうすっかり嗅ぎ慣れた臭いが漂ってきた。腐敗した死骸と糞尿が混じり合った強烈な臭い、拒絶と絶望、そして恐怖の香りだ。

「すまぬが、少々騒がしくなるかもしれぬ」

私は闇の中に堆く盛り上がる丘に語りかけた。丘が緩やかに蠢いた。

「ゴブリンどもか。気づいておったわ」

ヤマタの思念が響いてきた。

「地下からの排水が地表に溜まって泉になった。それを、不覚にも放牧のゴブリンに勘づかれた」

「ふむ、このような鄙びた処にまで押しかけるとは、人の性とは浅ましきものよ。この世の全ての地をその足で踏まねば収まらぬらしい」

「どうやら、上の」

私は天を指さした。

「エルメア王国で騒動があったようだ。件のゴブリンども、その累でここまで押しだされたらしい。いずれ我らも物見を出して様子を探らねば」

「人の浮世の柵とは厄介なものよ」

ヤマタが長々と嘆息し、地鳴りのような音が木霊した。

「それで、如何なさるのだ、我が主よ」

「知れたこと。戦備え整うまで刻を稼ぐ」

「人とは隙間を見つけて何処にでも入り込む生き物だ。未知への探求、名誉欲、射幸心、義務など、様々に益体もない理屈をつけてな。すぐにこの迷宮の入り口も知れよう。この曲輪も、更にこの下の層も、連中が闊歩することになる」

「許すものか。私はこの迷宮の主ぞ。私こそが迷宮なのだ」

私は黒龍を睨み据えた。

「私は絶対に侵入を許さない。そんなことをすれば、皆殺しにしてやろうぞ。そいつらの町や村を襲い、女たちを殺して犬まで犯し、家を焼いて塩を撒いてやろう。私は拠点精霊、私はそのために作られた」

ヤマタが小さく蛇身を揺すった。嗤ったのだ。

「ふむ、この室にまで寄せて来らば、我が相手をしよう。しかし、未だ手負いの身故、合力するにも限りがある」

「ここまで来させる積りはないわ」

「そうであればよいのだがな」

「そのために、上の二の丸に孔を掘る。煩うなるが、我慢せよ」

「屍坑か」

「察しが良いな」

「捕らえた敵を放り込んでアンデッドの隊を編成するか」

「そうだ、魔力を費やし召喚門で兵を呼ぶのも限度がある」

「アンデッドは特に神聖魔法に弱い。アンデッドに頼りすぎるのは危うし」

「それも承知」

ヤマタは少し考えていたが、

「後方からの援軍は期待できないのか」

「この迷宮は遅滞陣地だ。司令部の増援は期待できない」

「ふむ、楽しそうだな」

「ああ、まさにこれぞ迷宮の戦よ。迷宮主冥利に尽きるというもの」

私は不敵な面(つら)で笑おうとした。うまく笑えたか自信がなかった。

やがて、闇に馴(な)れてきた目に幾つかの煌(きら)めきが見えた。ヤマタの顎の下に硝子玉(ガラス)が転がっている。その数は五十を超えそうだった。

「ギランの作った硝子玉(ガラス)か」

「うむ、我が無聊(ぶりょう)を慰めんと、時折持ってきてくれておる」

有難(ありがた)いことよと呟(つぶや)くように言う。

「最近は、色を着けることを覚えてな」

よく見ると、淡い碧色(へきしょく)や桃色の硝子玉(ガラス)が交じっている。

「ギランめ、腕を上げたな」

「うむ、それがな」

言いにくそうに、ヤマタは巨大な頭を傾けた。

「我は色つきは好かぬのだ。否、嫌いというわけではない。だが、光は混じりけのない純粋こそ望ましい」

　何たる贅沢なことを、私は呆れた。

「ならば、ギランにそう言えばよいではないか。色つきは無用と」

「あのザラマンダーめ、嬉々として持ってくるのだぞ。気の毒で、とても我が口からは言えぬわい」

「なら我慢することだ」

「むう」

「ところで、我が主よ」

　含み笑いする私に我慢ならなくなったのだろうか。ヤマタが話を振った。

「何だ」

「いつも連れておるアラクネの上臈が見えぬが」

　ぎくりと背筋に悪寒が走る。

「ああ、少し機嫌を損ねてしもうたようでな」

「我が主は女心に疎いからのう」

「揶揄うな。よくある癇癖ならん」

　私は強がってみせた。

「妻と番うた人生の先達として教えてやろう」

　ヤマタが二股の舌先を躍らせるように振った。その女房に逃げられたくせにと私は内心鼻白んだ。だが奴は男女の付き合いで私より一日の長があるのも確かだ。

「ふむ、聞こう」

私は素直に黒龍の御高説を聞いてみることにした。

「ぱんと頬のひとつも張ってやればよいのだ。その後、黙って抱き締めてやれば、一発で腰から砕けおるわい。牝など単純なものよ」

教えを乞おうとした私が愚かだった。

「烏滸を申す。頬など張ってみよ。張り返されて私の首が飛ぶ。それに、あれはただの副官。そもそも、男女の交わりなどないわ」

「なんと、未だ据膳を喰ろうておらぬのか」

黒龍の顎から重々しい呻き声が漏れた。

「アラクネは女怪、すなわち同族に牡がおらぬ。故に市井に潜み人の牡から種を享けて子を生すものだ」

ヤマタは得意げに述べた。それくらいは私も知っているが、ヤマタが気落ちするのを恐れて敢えて指摘しなかった。

「アラクネは交おうた牡を喰らうと聞くが」

「あれは、アラクネの深情けを大袈裟に誇張した下らぬ虚言」

「ふむ。しかし、戦陣での色恋は御法度だからのう」

「そのような錆びた掟など誰も守らぬわい」

「だいたい、私は拠点精霊だぞ。惚れられるはずもなかろう」

「ふむ、ではそういうことにしておこう」

話に飽いたのか、ヤマタは顎を蜷局（とぐろ）に埋めて目を細めた。

「では行くぞ。これでも忙（せわ）しい身でな」

「うむ、また物語など付き合うてくれ」

「後で酒など届けさせよう」

私は苦笑いして洞を後にした。

結局、テラーニャには機嫌を直してもらった。私の血で。

彼女は私の首筋に顔を埋め、それから舌先を上に向かって走らせ、歯で耳朶（じだか）を噛み、

「もう、怒ってなどおりませぬのに」

嬉（うれ）しそうに言って、舌を首筋に戻して優しく食いついた。

「ゴブリンの娘ずれに心動かされる私ではない」

「ええ、存じておりますとも」

喘（あえ）ぐように呟（つぶや）きながら、テラーニャは私の血を吸った。もう何度も吸われているので慣れてはいたが、今日のテラーニャはやけに情熱的だった。

体を離し、荒い息をついて嬉（うれ）しそうに歪（ゆが）んだ細い眼（め）で私を見上げ、にっと微笑（ほほえ）んで、

「参りましょう」

「ああ」

私はテラーニャに手を引かれるように本陣へ向かった。

私はテラーニャに命じてギランとクルーガを本陣に召しだし、召喚門の前に立った。私は最初に

ザラマンダーを五名呼びだすと、ギランを指し示して、

「よくぞ参った。私はこの迷宮の指揮官、丙三〇五六号だ。ゼキと呼べ。これなるは汝(なんじ)らの先任になるギランだ。彼に従え」

それからギランに向き直り、

「これでお前は名実共にこの迷宮の兵具奉行だ。私の兵の物具の一切を任せる」

「畏(かしこ)まった」

ギランが私に向かって頭を下げた。

「続いてネクロマンサーを召喚する」

「何を召喚されるので」

テラーニャが問うたので、私は皆を見回し、

「リッチだ」

「え」

皆が一斉に声を上げて私を見た。阿呆(あほう)を見るような目で。バイラすら哀れむような面(つら)で私を見ている。なんという屈辱。

「いいかな、殿様」

クルーガが皆を代弁するように前に出た。

「何か」

「ネクロマンサーなら他にも召喚できる。何故(なぜ)、リッチなのかな」

「法撃兵が必要だからだ」

「法撃支援兵が必要なことに異論はない。だが、今の迷宮の余剰魔力でリッチを何名召喚できるか、わかっているのかね」

「一個小隊三名ほどかな」

「それだけの魔力があれば、並みの法撃兵なら二個法兵大隊は召喚できる」

「承知している」

「なら何故リッチなのだ。確かにリッチは強力な法兵だが、総法撃量ならば、例えばスケルトン・メイジ一個大隊のほうが遥かに上だ」

「だが、射程はリッチのほうが圧倒的に長い」

「射程など」

言いかけたクルーガの言葉が途切れた。凝っと私の目を覗き込む。まるで心の奥を穿り返すかのように。やがて、探るように口を開いた。

「どういうことだ、迷宮内の戦闘ならば法撃の射程など意味をなさぬ。まさか」

「そうだ。近いうちに、我が拠点の主戦闘陣地を地表へ移す」

本陣にいる全員が息を呑んだ。空気を読んだのか、召喚されたばかりのザラマンダーたちまで。

迷宮の戦闘といえば、優勢な敵を狭隘で複雑な迷宮内に誘引し、分断し、罠や奇襲により敵を消耗させるのが常道だ。

私がしようとしているのは、迷宮主のする戦いではない。

「平地での法撃合戦では射程が重要な要素となる。軍団法兵であるリッチの長射程法撃は絶対に必要だ。理解したか」

皆が黙り込んで私を見ている。誰もが迷宮戦の利点を放棄する私の計画を無茶だと思っているのだ。

「ふむ、豪気なるかな」

沈黙を破ったのはバイラだった。

「後詰めなき迷宮戦は結局は膠着して消耗戦になり、先細りになる。やはり地上に陣を張り、可能な限り前方で敵を迎え撃つに如かず」

ばんと巨きな掌で腹巻を叩いて、面白そうに笑いだした。

「ふむ、既に迷宮の位置は暴露しておろう。悪くないかもしれぬ」

クルーガが己に言い聞かせるように口を開いた。

「でも、司令部の御指図に背くことになりませぬか」

心配そうにテラーニャが言った。

「いや、地下陣地を作れというのはあくまで戦闘指導だ。状況が変わった今、それを曲げても問題はあるまい。要はいかにして与えられた任を全うするかだ。しかし、思い切ったな」

「迷宮の普請も手を抜く積りはない。縦深に陣を構えねばこの地を守りきれぬ。敵の戦力をできるだけこの地に引きつけて、できるだけ長く戦うのだ。インプの数も増やさねばな」

「ならば、いずれ孔から這いでるスケルトンどもに持たせる得物は」

黙っていたギランが手を上げた。

「長柄槍と弓でよろしうござるな」

「槍は規定通り重 槍兵用の三間柄だ。それと掻楯も頼むぞ」

「これは忙しうなりそうでござるな」

ギランが愉快そうに笑って口から火を吐いた。

「それ故にザラマンダーの人数を増やしたのだ。気張れよ」

私はそう言いおいて、リッチを召喚すべく呪を唱えた。

# 第四章　冒険者ども

カゲイが一族を率いて帰ってきたのは、二週間後の夕暮れ時だった。

報告を受けてテラーニャを連れて屋形から外に出ると、

「殿」

物見櫓から声が降ってきた。

「こちらへ」

弓を手にした龍牙兵が手を振っている。私とテラーニャは梯子に足をかけた。

「あれか」

北西からこちらへ向かってくる一群が見える。

「殿の申される通りでござった。しかし、物凄い数でござるな」

先日より倍以上に膨れ上がっている。羊が数百頭、それを取り囲むように進む馬上のゴブリン、その後ろに馬や驢馬に牽かれた荷車が三十ほども続いている。その行列の外周を警戒用の大型犬が何頭も走り回っていた。

「同族の者たちと語り合って合流したのでありましょう」

テラーニャが群れを眺めながら呟いた。

「ゴブリンたちを尾けているような人影は見えるか」

私は龍牙兵に訊いた。

こういう遊牧民の集団や隊商を狙う野盗の物見が跋扈するのも、この地方では通例だ。物見どもは、夜営地で少数の略奪者を手引きする。威力偵察、平たく言えば小手調べだ。最初の小襲撃で集団の強弱を計り、与し易しと見れば、次は大人数で襲いかかる。

龍牙兵は遠眼鏡を手にして暫く眺め回した。

ギランの硝子工房に作らせたものだ。円盤状の硝子玉を二つ、筒の前後に嵌めただけの他愛もない代物だが、櫓からの遠見には使い勝手がいい。

「それらしい影は見られず」

「あい」

遠眼鏡から目を離した龍牙兵が報告した。

「油断すまい。テラーニャ、シャドウ・デーモンを出して、北西二里に哨戒線を張れ」

「言うまでもないが、戦いは努めて避けよ」

「心得ております」

「さて、ゴブリンを出迎えねばならぬ」

私は櫓の龍牙兵に向き直った。

「よいか、くれぐれも連中を怖がらせたりするなよ」

「これは心外なり。殿の御面相のほうが余程恐ろしげでござるわ」

まるで魔除けの鬼瓦などと抜かす。背後でテラーニャが声を上げて笑った。

「悪面こそ武人の誉れと申す。我も殿の顔にあやかりたし」

この龍牙兵はどうやら真面目に言っているらしかった。

「むむ」

どうやらこの狭い櫓台に私の味方は一人もいないらしい。

「ええい、もうよい。私はゴブリンどもを出迎えに大手口に参る。このまま物見を続けよ。テラーニャ、シャドウ・デーモンに指図したら大手まで来よ」

承りましたとテラーニャと龍牙兵が笑顔で答え、私は釈然としないものを抱えて梯子に手をかけた。


大手門の前で待っていると、一団から数騎飛びだしてきて、私の前に轡を並べた。カゲイにヒゲン、それに見知らぬゴブリンが二人。

私はカゲイに向かって声をかけた。

「よう戻られた」

カゲイは慌ただしく鞍から降りるや、高々と笑いながら、いきなり私に抱擁した。

「ゼキ殿、この魔族の世捨て人め」

皮脂に混じる土や馬糞の臭いに思わず閉口し、私は顔が歪まぬように努力を払った。

カゲイは一頻り哄笑して、ようやく私を解放した。

「遅れて申し訳ない。地虫の肉を売り捌くのに刻がかかり申してな。あれだけの量じゃ。怪しまれずに銭にするのに手間がかかり申したわい」

そういうものなのか。ただ、高価なものを市で売り払えばよいという単純な話ではないのだろう。そんなことは考えもしなかった。どうやら私はそういう商いの機微に全く疎いらしい。

カゲイは私の背後を見回し、呆れたように声を上げた。

「なんと、僅かな間にこのような御殿を作られるとは。ゼキ殿は幻術を使われるか」

「なに、外見ばかりは気張っているが、中はまだまだでござる。家財道具など作らせておるが」

言いながら私も背後を振り仰いだ。

もとより家具など整える積りはない。この屋形はこの地を訪れる現地住民を応対するためのもので、住居ではないのだ。

平屋で板葺きだが、中に数十人は入れる広間があり、迷宮へ通じる隠し通路は奥の寝所の床下に巧妙に隠され、常時三名のナーガ兵が警備している。

四周には兵数百が入れるほどの溜りが設えられ、それを囲むように高さ一丈半の杭が植えられている。物見櫓が二つ、それに大手口は材を組み合わせただけの荒々しいものだが、射座を配した四脚門で、ここも三名の龍牙兵が詰めている。

私はもっと簡素な建物でいいと言ったのだが、バイラたちが張り切ったせいで、ちょっとした関砦の体をなしていた。

「それにしても、随分と人数が増えたようだが」

私はゴブリンの集団を見回した。

「我らの遠縁の者にござる」

新参のゴブリン二名を手で示し、彼らに目で合図をした。

髪に白いものが交じったゴブリンが、若いほうを連れ、進みでて身を屈めた。

「バルグと申す。この者は」

　連れに顔を向けて示して、

「我が倅（せがれ）のヴァジスでござる。この緑地の支配者たるゼキ殿に敬意を送り申そう」

　私は慌ててバルグの手を取った。

「面（おもて）を上げられよ。カゲイ殿に縁あるお方ならば歓迎せぬ法はござらぬ」

「これは思いも寄らぬ御言葉かな。有難（ありがた）し」

　手を引かれるように起（た）ち上がったバルグはたちまち破顔した。が、目は笑っていない。私を値踏みしているのだ。年経ているだけあって、落ち着いた老獪（ろうかい）な目をしている。

「ゼキ殿に土産を持参いたしました。我ら、羊を追い野を流離（さすら）う無粋者故、お気に召していただけるかどうか」

　バルグの如才ない言葉に、カゲイが笑いながら、

「我らも頼まれた品をお渡しせねばならぬ。併せて御検分していただかねば」

　と口を挟んできた。私は思わず微笑（ほほえ）んだ。

「はは、忙（せわ）しないことでござるの」

　二人が後ろのゴブリンたちに手を振ると、予（あらかじ）め言い含められていたのだろう、数台の荷車が動きだすのが見える。

「どちらへ運べばよいか」

「柵の内側へ。テラーニャ、案内（あない）して土間に回してくれ」

「あい」

テラーニャがゴブリンの集団に歩み寄るのを見届けて、

「ではこちらへ」

私は五人を促して屋形に入った。

「皆に野営地を作らせてもよろしうござるかな」

「無論でござる。何ならこの屋形に泊まられてもよいが」

「いや、我ら板木の壁と天井はどうも落ち着かぬ。天幕を張らせていただきたい」

「ならば、何処(どこ)なりとも好きな場所を使われよ」

「かたじけない」

カゲイは頷(うなず)くと、両手を大きく振った。それを合図に、ゴブリンたちがわっと散り、めいめいに荷車から畳まれた天幕を卸(おろ)し始めた。

その周囲を、ゴブリンが連れた犬たちが守るように歩き回っている。

「見事な犬でござるな」

四肢が太短く、体高は仔馬(こうま)ほどもある。

「巨狼(きょろう)の血を引いておるでな」

カゲイが自慢げに腰に手を当てた。

「ふむ、ゴブリン騎兵といわば、馬ではなく巨狼(きょろう)に乗るものと聞き及んでいたが」

「それは我が曾祖父の代まででござるわ。狼(おおかみ)は乗り心地が悪(あ)しうござってな。一度馬に乗れば、狼(おおかみ)に跨(また)がるなどとてもとてもとても」

からからと笑った。

「なるほどのう」

私は感心したように頷いて、屋形の玄関を潜った。


私は、ゴブリンたちと框に上がり、土産の品々を検分することになった。

まず、いちいちバルグが説明を加えながら、彼の手土産が並べられていく。

羊毛が十把、毛織の絨毯が四枚、それに、馬革の鞍、細かな装飾が施された鉄弓、金細工が施された箙に征矢が作法通り三十六本、太刀が一腰。

続いて、カゲイに頼んでいた品々が並べられた。

味噌が十樽、米十俵、漬物樽が五つ、絹二十反、漆塗りの碗や皿、行李に箪笥などの家財道具が並べられていく。最後に刻み煙草が一袋置かれた。

バルグのものより品下るが、それでも実用の品の数々が有難かった。

「種籾や野菜の種は手に入れること叶わず。公儀の目が厳しうてな」

すまなそうにカゲイが告げた。

「いや、そういう事情なら致し方なし。それより、銭は足りたであろうか」

「十分に。むしろ余りすぎた故にお返し申そうかと」

懐から重そうな袋を取りだした。

「いや、取っておかれよ。どうせ銭など、ここでは役にも立たぬものでござる」

私は大袈裟に手を振った。

「それより、広間にて宴の用意をさせ申そう。それまで、座敷にて酒など如何かな」

私は立ち上がって、ゴブリンたちに向かってできるだけ明るく笑いかけた。

座敷には既に酒が用意され、クルーガが影のように控えていた。極端な痩軀で、蒼白の皮膚の下には肉が全くついていない。鷲鼻ばかり目立つ顔に刃物で刻んだような細い目が無表情にゴブリンたちを見回した。

ゴブリンたちが動じる暇も与えず、

「これは私の用人でクルーガと申す者でござる」

私が紹介すると、クルーガはたちまち相好を崩し、

「クルーガと申す。主人に大層な贈り物を賜り、礼のしようもござらぬ」

深々と平伏し、戸惑うゴブリンたちを急かすように、

「ささ、お坐りあれ。我が家自慢の酒でござる。ゆっくりとお寛ぎあれ」

と半ば強引に円座を勧めていく。このヴァンパイアは、黙っていれば恐ろしげだが、喋りだすと途端に社交的な軽忽さを露にする。

「男ばかりのむさい席でござる。手酌でよろしうござるな」

そう言って私は瓶子を取った。

「ふむ、エルメア王国は二つに割れておるのか」

酒杯を傾けながら、私は呟きを漏らした。

「左様でござる。先王マイラス、戦野に儚うなって嫡男サーベラが跡目を継いだが、未だ若年故に先王の弟イビラス公が後見を務めておられた」

カゲイが酒に濡れた指先を舐めた。

「ところが、宰相ナステル伯を筆頭に一門衆が権勢を振るうようになると、イビラス公は疎まれるようになり申した。そして、三月前、王家譜代の家臣数名が不行跡の科にて誅殺されるに及び、身の危険を感じたイビラス公、手勢を率いてハクイの町に引き移った次第」

「何時ぞやカゲイ殿が申されたハクイの騒ぎとは、そのことでござるか」

「然り。一門衆の息のかかったハクイの代官キーロイス、兵を募りイビラス公に夜襲をかけまいたが、歴戦のイビラス勢に散々に返り討ちされ、辻に首を掛けられてござる」

カゲイが訪れたときも、まだ白骨化した首が残っていたという。

「イビラス公の遣り口は手堅い」

カゲイは据わった目で続けた。王都に対して使者を立て、

「イビラス公のハクイ襲封並びに謀反人キーロイス及びその一党誅殺」

と馬鹿丁寧に報告した。王国はまだ内乱を戦う余力はない。このため、イビラス公のハクイ入りは済し崩しに沙汰止みになっている。

「知恵者でござるな。在の者は如何申しておるのか」

「これが結構な評判なそうな」

自らハクイ探題と称して占拠した代官所を探題府とし、ただちに高札を立てて年貢を四公六民とし、種籾や種を専売にして農民にただ同然で下げ渡した。

「それで種籾などを得られなかったと」

「うむ、我ら流浪の民には売れぬと断られ申した」

「とは言え、領民にとっては善政でござるな」

王国は先年に被った戦禍から立て直しのため、庶民に過酷な重税を課している。民に優しいイビラス公の人気が上がらぬほうがおかしい。

「既に近領の百姓ども、挙ってイビラス公の領内へと移りつつあるとか」

（それは危うい）

領民に逃げられた近隣の領主らが黙っていないだろう。

「それに、人間、エルフ、ドワーフの三族以外の亜人も分け隔てなく取り立てておる」

手駒の不足を補おうとしているのだろう。

「カゲイ殿はイビラス公に身を寄せようとは思われぬので」

いままで黙っていたクルーガがぼそりと言った。

「何の。王家の争いの先兵として使い潰されるほどに愚かではござらぬ」

カゲイが冷えた声で笑った。

「して、新王サーベラは」

「結構な美丈夫であるそうだが、有り様は阿呆でござるわい」

カゲイは噴と鼻を鳴らした。それを見て他のゴブリンらが小さく笑い声を上げた。

「先の戦では亡き先王の軍をまとめて旗頭となり、同盟軍の一角を占めて反攻を主導した一人に数えられたが、今は全くの腑抜け」

「それで、専横を極めておるという一門衆筆頭のナステルとは何者でござるか」

「これが大変な切れ者であるそうな」

「ほう」

「元はサーベラ王の傅役と申すが、曲がりなりにも焦土と化した国土を立て直し、各領主の兵を集成して国軍を再建した功臣。先の戦でも、国王軍の作戦を主導したのはこの者という噂でござる」

「油断ならぬ男でござるな」

「今、王国はこの男の食い物にされているといっても過言ではござらぬ。イドの町に軍兵を進めて周辺の牧草地を独り占めにしたのもこやつの差し金」

　カゲイが忌々しげに膝を叩いた。


　やがて、ゆっくりと引き戸が開いてテラーニャが入ってきた。

「殿様、宴の支度が整いましてございます」

「うむ、では方々、広間に参ろう」

　私は起ち上がり、ゴブリンらを急かすように明るく告げた。

　広間には既に野営の設営を終えたゴブリンたちが並んで待っていた。

　広間に四十人ほど、残りは広間に面した庭に板を敷いて坐っている。その数、凡そ百は下らないだろう。あちこちに酒樽が置かれている。

「中が狭く、このような仕儀になりましたこと、お許しくださいませ」

　テラーニャが深々と頭を下げた。

「いや、急に押しかけた我らこそ無礼。こうしてお招き預かっただけで果報にござる」

　バルグが慌てて何度も頭を下げた。

「これで全てでござるか」

「野営地を無人にするわけにもいかず、幾らか人数を残してござるわ。その者らも合わせれば二百ほどでござる」

「それでは、野営地にも酒や料理など届けさせよう」

「御心遣い、痛み入る」

「ゼキ殿、あれは」

カゲイの問う声に庭先に目をやると、そこには土を盛った急拵えの竈が五つほど切られ、そこに薄い鉄板が敷かれている。

『鋤焼』と申して、村では農具に油を引き、獣肉など炙り食いするそうな。生憎、邸には鋤もない故に、かわりに鉄板で」

「御趣向かな」

「潰したばかりの地虫の生肉を用意いたした。腹一杯食ろうてくだされ」

「おお、新鮮な地虫の肉とは、貴人でも滅多に味わえぬ贅沢でござるな」

横で聞いていたヒゲンが喜声を上げた。

喜んでもらわねば困る、私は心中で胸を張った。こういうときのために、二の丸にわざわざ生け簀まで作ったのだ。狂暴な地虫はすぐに共食いを始めるので、大人しくさせるのに随分と苦労した。

私たちが上座につくと、時を置かずに俎板にのせた肉が運ばれてきた。運んできたのはインプとラミアだ。流石にもうカゲイたちも驚かなかった。だが、驚きは見せなくともやはり珍しいらしい。火を起こしているインプを指さし、

「ゼキ殿、あれは如何なる者にござるか」

と問うてきた。

「あれはインプ、魔国では珍しくもない使い魔どもにござる」

「ふむ、あのような者どもは初めて見た。奴婢でござるか」

「あれは従者でござる。我が家人に奴婢などおり申さぬわ」

「ふむ」

カゲイは何事か言いたそうだったが、黙ってインプらを見つめ続けた。

一同に酒が回されたのを見計らって、私は立ち上がった。

「皆様方、我が邸によう参られた。せめてもの御持て成しでござる。存分に楽しまれよ」

私はできるだけ明るい声で告げた。すると、カゲイが立ち上がって盃を持ち上げ、

「ゼキ殿に」

と大声で宣した。それを合図にゴブリンたちから歓声が上がった。

焼けた肉を皿にのせたラミアが、愛想よく宴席の間を動き回っている。

「御女中衆でござるか」

飽くほど眺めていたヒゲンが訊いてきた。

「美形揃いでござるな」

ラミアは腰の辺りから下が蛇身の女怪だ。紫銀色の髪に嫣な若い女の上半身を持ち、専ら若い男を誘惑するといわれているだけあって、男好きする肉置きをしている。詳しく言えば、艶めかしく動く縊れた腰に巨きな胸、常に濡れているような大きな紫の瞳は思わせぶりで、私も時々困ることがある。

「いや、まことに麗しや」

酒を呑むのも忘れてヒゲンが呆けたような声で呟いた。

「あれらの小袖は、先日、カゲイ殿からいただいた羊毛を織ったものでござる」

「おお、それは贈った甲斐があったというもの」

宴の場も和らいで、所々で歌声が上がり、ゴブリンらが歌い踊り始めた頃、

「殿、遠物見から報せがきた」

いつの間にかクルーガが、後ろから顔を寄せてきた。

ゴブリンたちに聞かれたくないのだろう。低く小さくぼそぼそした口調だが、何故か一語一句はっきり私の耳に届いた。

「野盗の群れが近づいている」

「何、野盗だと」

私は思わず大声を上げて、クルーガの気遣いを台無しにした。

宴の騒音のお陰で上座の外に聞こえなかったが、カゲイは私に不審な目を向け、

「野盗とは聞き捨てならぬ」

「屋形の北、二里足らずの丘の陰に騎馬が八十ほど、その数は時を追って増えている様子。恐ら

く、払暁に襲いかかってくる」

　クルーガがまるで他人事のように言った。

「この屋形を好餌と見て仲間を呼び集めているのだろう」

「心当たりはござるか」

　私はゴブリンの族長に訊いた。

「群盗の斥候かわからぬが、ハクイの町を出て最初の日に怪しい影を見た。三日前のことにござる。三人が驢馬に跨り、犬を一頭連れていた。次の日には失せていたので諦めたと思い、気にも留めなんだが」

　隊商や遊牧の列に怪しい影が付きまとうのはよくある話だという。

「如何される、殿よ」

　クルーガが落ち着いた声で尋いた。最初から答えはわかっているような顔で。

「迎え撃つしかあるまい」

「うむ」

「カゲイ殿らに災いが及ぶのは避けたい。そんなことになれば我らの名折れ」

「物頭もそう考えて、支度している」

「待たれよ」

　カゲイが口を挟んできた。

「賊を呼び込んだは我らが手落ち。我らも戦い申そう」

　クルーガが露骨に嫌な顔をしたので、私は慌てて目で窘めた。

「敵に魔導士は見えたか」

「それらしい姿は見えなかったそうだ。だが、いても不思議ではない」

「それで、物頭の策は」

ゴブリンたちの手前、クルーガは口に出すのを躊躇(ためら)う様子だったが、私の目を見て、仕方ないという顔で話しだした。

「経路上に兵ども重畳(ちょうじょう)に埋伏(まいふく)させ、列の後尾から静かに襲うそうだ。最後はこの屋形で迎え撃つ」

「道とてない荒野だ。敵の前進路が目論見(もくろみ)から外れたら如何(いかが)する」

「シャドウ・デーモンどもが待ち伏せの適地を見繕っている。問題ないだろう」

私はカゲイに向き直った。

「聞いての通りでござる」

「ならば我らも御加勢を」

「応よ、馬を駆り、賊の一人たりともこの屋形に近寄らせるものではないわ」

バルグが吼(ほ)えて、床を拳で叩(たた)く。

その頃になると、広間のゴブリンたちも変事に気づいたのか、こちらを凝(じ)っと見守っている。私は慌てた。ゴブリンの一名でも死傷させれば遺恨になりかねない。

「あいや、それには及ばず。何の、野盗ずれに手間取る我らではござらぬ」

私はカゲイらを落ち着かせようと手を大きく振った。

「それに、闇の中の乱戦ともなれば、味方に無用の手負いが増えるやもしれず」

「ならば、我らも屋形の柵側に立ち、御家来衆と共に戦わん」

カゲイの大声に、ヒゲンとハマヌが昂奮したように何度も頷いた。

私は内心困惑した。屋形に拠っての防戦となれば、まず間違いなく敵は火責めしてくる。このような屋形、燃えても惜しくはないが、ゴブリンに死人怪我人が出るのは困る。それに、ゴブリンたちの中に内通者がいれば厄介だ。もしかしたら、ゴブリン全員が賊に内通している可能性も捨てきれない。

「それより」

私は戦意に昂ぶったカゲイを冷ややかに見つめた。

「敵はまずこの屋形に仕掛けてくるはず。屋形から離れ、火を消し、声を潜めておられたい。敵が我が屋形に攻め掛かってきたならば、その背後を襲われよ」

「挟み撃ちでござるか」

カゲイが舌舐めずりして面白そうな顔をした。

「うむ、天幕を畳み、泉の反対側で羊を囲んで守りを固められたい」

「心得た」

「クルーガよ」

私はヴァンパイアに向き直った。

「ゴーレムどもを連れ、カゲイ殿御一族に合力せよ」

「お任せあれ」

ゴブリンが裏切ったときの備えの意味もある。それに気づいたクルーガが不敵に微笑んだ。

その頃には、宴席のゴブリン全員が息を詰めて窺うように見つめている。

それに応えるように、カゲイが立ち上がった。刀の鐺を上げ、

「皆、聞いた通りだ。匪賊ども残らず討ち平らげ、軍神の贄とせん」

大音声で喚くと、一同の間から応の声が沸き上がった。

流石は遊牧の民だ。ゴブリンたちはそれから一時間もしないうちに羊たちを寄り集めて天幕を畳み、後は荷車へ積み込むばかりとなった。

私はカゲイとバルグと並んで、感心しながらその様を見ていた。

「素晴らしい手際でござるな」

「何の、野に伏し草を枕とする生業でござればこれくらい」

笑いかけたカゲイの声を、犬のけたたましい吼え声が遮った。

振り返ると、大手口からナーガ兵たちの列が静かに這いでてくるのが見えた。全員が物具に身を固めている。薙刀を手にした突撃兵が三個小隊に弩兵が一個小隊。いずれも夜戦に備えて刀身に煤を塗り、鎧の袖を縛っている。

ゴブリンたちが懸命に犬たちを静めている中を、隊列は私の前まで来て足を止めた。先頭のネスイが兜の庇を上げ、

「これより出立いたす」

「うむ、吉報を待っておる」

「お任せあれ」

ネスイはにっと笑うや、さっと芝居がかった動作で手を挙げる。ナーガ兵の列が再び音もなく滑

りだし、たちまち闇の中に消えた。

「あれもゼキ殿の御家来でござるか」

カゲイが気味悪いものを見た目で私を見上げた。

「うむ、闇に馴れたる者どもにござれば、月も見えぬ暗夜の戦には打って付け」

「しかし、敵は騎馬でござる。大丈夫でござるか」

我らも御一緒したほうがと、バルグが心配そうに言った。

私はうずうずと笑い、

「お任せあれ。我らが手並み、よう御覧じられよ」

思い切り強がってみせた。


やがて、クルーガが手下のヴァンパイア四名とゴーレムたちを連れ、地響きを立てながら、こちらへやってきた。

「クルーガ以下四名にストーン・ゴーレム十八、クレイ・ゴーレム三でござる」

私はカゲイに告げ、

「クルーガ、頼うだぞ。ヌバキの御一族、一人たりとも損じるべからず」

「任せてくれ給え」

クルーガが微笑んで身震いした。この男も、流血の予感に気の昂ぶりを抑えきれないのだ。丁度、ゴブリンの荷車も荷造りを終えて動きだそうとしている。

「さあ、カゲイ殿、バルグ殿、参りましょう」

「あ、ああ」

ゴーレムたちの巨体に圧倒されたのか、縺れた声でカゲイが答えた。

「それではゼキ殿、御武運を」

「かたじけない。それでは戦の後で」


カゲイたちが動きだしたのを見送ると、私は戦支度の喧騒からただ一人取り残された気分になり、急に孤独を感じて慌てて踵を返すと足早に屋形に向かった。

大手を潜ると、屋形の玄関口でテラーニャが私を待っていた。

「殿様、鎧着せの支度ができまいた。さあ、具足を召されませ」

「着けねば駄目か。鎧は疲れる。ギランめ、あれは鍛えが良すぎるのだ」

できれば身軽なままがよかったが、テラーニャは承知しない。

「駄々っ子のようなことを申されますな。さあ、こちらへ」

私の手を取り、半ば強引に中へ引いていく。

「せめて、敵が直近に迫ってからでもよいだろう」

「なりませぬ」

框には陣幕が張られ、床几が置かれて本陣の形になっている。床几の後ろに鎧櫃、その周囲にミノタウロスのバイラとラミア三名が待ち構えていた。ゴブリンたちの贈り物は、既に迷宮の奥へ運び去られていた。

剝かれるように下帯ひとつになったところに、ラミアたちが手際よく、鎧下の小袖、丈の短い大口袴、佩楯、右手に弓懸、鎧直垂、脛当、左の籠手と着けていく。最後に胴を着けられ、揉み烏帽子を被らされて床几に坐らされた。右手に筋の入った兜、左手にゴブリンから贈られた弓を持たされた。まるで節句の鎧人形になった気分だ。着付けが終わると、ラミアたちはさっさと本丸の包帯所へと去っていってしまった。

「よう御似合いでござる」

私の着付けを面白そうに眺めていたバイラが目を細めた。

「龍牙兵どもの配置は」

「大手門の二階に三名、物見櫓に二名ずつ、残りは柵の守りに」

「櫓の者は降ろして備えに回せ」

「よろしいのか」

「どうせ急造の櫓だ。矢戦になれば分が悪い。無駄な手負いを出したくないのだ」

「ふむ」

「それと」

「まだ何か」

「篝火は燃やしたままに。決して火を絶やすべからず」

「それは」

バイラが口籠もった。何を言いたいのかはわかる。本来は光源を自陣から遠くに置き、己を闇に潜ませるのが魔王軍の夜戦の軍法だ。

「構わん。敵がまっしぐらにこの屋形を目指すようにしたい。それに」

私はミノタウロスを見上げた。

「火を絶やせば我らの意図を見破られる」

「確かに」

「この屋形は守りきれぬ。敵が寄れば、軽く一防ぎしてすぐ迷宮戦に持ち込む」

「承知してござる」

「龍牙兵にももう一度念を押せ」

「畏(かしこ)まり候」

首を振り肩をいからせながら、バイラは玄関を出ていった。

後には私とテラーニャだけが残された。

「弓など扱えぬのに」

その重さに閉口した私は不平をこぼした。もう立ち上がるのも億劫(おっくう)だ。が、テラーニャは毅然(きぜん)とした態度で、

「折角、バルグ殿から贈られた弓で御座います。有難(ありがた)くお持ちあれ」

赤子をあやすようににこりと笑った。そんな顔をされると何も言えなくなってしまう。

「ギランはどうしている」

「ザラマンダーたちは、本丸の切所(せっしょ)にて控えております」

「ふむ、手筈(てはず)通りだな」

「あい」

切所は殺所とも書く。本丸に侵入した敵は、最初の関門を抜けたところで六名のザラマンダーが作りだす灼熱地獄に自ら飛び込むことになる。

「龍牙兵は」

テラーニャは暫く闇の向こうの気配を探っていたが、

「皆、既に持ち場に」

「櫓からは降りておるであろうな」

「あい」

「ならば良し」

私は大きく溜息をついた。後は敵を待つだけだ。


「殿」

「わっ」

気が抜けたところに急に声をかけられて、私は心の臓を握られたように仰天し、弓を取り落としかけた。陣幕の隅に闇が塊のように蟠って立っている。

「サイアスか」

観音帽子に墨染の僧衣、錦の袈裟を引っかけた骸骨が立っている。その背後にも同じ装束の骸骨が二人。

二の丸に掘った屍者の坑を司るリッチたちだ。

「我らは屋形の守りにつかなくてよいのか」

下顎も動かさずサイアスが訊く。リッチは舌もないのに流暢に会話をこなす。

「良いのだ。堀もなく柵一重のみの屋形だ。守りきれるとは思っておらぬわ。龍牙兵らにも、小当たりしたならばすぐ本丸へ退くよう申し伝えてある。その際に、彼らの後退を法撃で掩護せよ」

「良いのか、屋形が吹き飛ぶぞ」

「構わん、最大出力で吹き飛ばせ。軍団法兵の法力を見せよ。手加減するな」

「心得た」

顎がかたかた音を立てて鳴った。笑ったのだ。

「ただし、ただしだ」

私は言い聞かせるように指を立てた。

「ゴブリンどもを巻き添えにするなよ」

「何故だ。坑の贄が増えて好都合ではないか」

「痴れ者め。あのゴブリンどもとは友誼を結ばねばならぬ」

「将来的な展望というものか」

「そうだ。そのほうが、後々、贄も増えることになる」

「そういうことなら」

「うむ、行け」

「それでは」

リッチたちが掻き消えるように姿を消した。心なしか、篝火の灯が明るくなったように感じる。

「やれやれ、どうも皆、初めての合戦で頭が血膨れしておる」

私の愚痴に、テラーニャが鳩が鳴くようにくっと小さく笑った。

「何だ」

「一番張り切っておられるのは主様でありましょう」

「そうか」

「あい」

テラーニャが手を口に当てて含み笑った。

「そういえば、お前は腹当など着けずともよいのか」

「妾は別式女の類いではございませぬ故」

「そうか、鎧姿のお前も見てみたい気がするが」

「あら」

「きっと凛々しかろう」

「ほほ、いずれお見せするやにしれませぬ」

そう言って、テラーニャは照れたように顔を綻ばせた。


やがて、闇の中からミノタウロスの巨体が浮かび上がった。

「殿、配下の者ども悉く手筈通りに」

バイラが金撮棒を担いだ肩を揺すり、玄関から入ってきた。その巨体にもかかわらず、このミノタウロスはこういうときは全く足音を立てない。

「ゴブリンどもは」

「泉の向こう側にて円陣を組んでおり申す」

「クルーガらとゴーレムたちはどうだ」

「ヴァンパイアどもはゴブリンの列に交じり、ゴーレムは円陣の中央にて女童らの矢禦ぎに」

「ふむ、物具つけ、列に立ちたるゴブリンの数はいかほどか」

「ゴブリンの一党、総勢二百余なれど、まともに戦える者は六十足らずかと」

「少ないな」

「それよりあの犬どものほうが余程手強い。よく躾けられ数も三十を下らず」

「ふむ、我らも犬を飼うべきであろうか」

餌なら事欠かない。

「いっそ、我らも魔狼など召喚なされますか」

テラーニャが訊いてきた。

「ふむ」

私は首を傾けて考えたが、

「否、まだ早い。所詮は畜生である。御しきれぬと厄介だからな」

「で、ありましょうな」

バイラが鼻を鳴らして玄関口に立ち、

「さて、敵ども、何時動くか」

闇の向こうへ目を凝らした。

それからどれくらい経っただろうか。急にバイラが大声を上げた。私は弓と兜を置き、テラーニャとともに跳ねるように外に駆けだして、冷え冷えとした乾いた荒野の向こうに目を向けた。月もない星明かりの中、地と空の交わる辺りの遥か遠くに、強烈な一点の光が強い星のように輝いていた。

丁度、屋形の玄関に駆けつけた数名の龍牙兵がそれを見て、ぼそぼそと呟いている。すると突然、彼らの間から叫び声が上がった。

間もなく二つ目の光の点が現れ、そしてひとつ、またひとつと増えていった。私は十二まで数えたが、それ以上は数えるのをやめた。

これらの輝く火の点は一列になって現れ、蛇のように畝り動いた。むしろ、まさに波動する龍の体のようだった。

「御覚悟はよろしうござるな」

バイラが私に囁いた。龍牙兵たちが口々に、

「戦いに幸あれ」

と叫んだ。私も同じ言葉を言い返すと、彼らは持ち場へ小走りに去っていった。

輝く火の点はまだ遠くだったが、次第に近づいてきた。今や、私には雷鳴と思える音が聞こえてきた。乗馬に枚を銜ませていても、轡や蹄の音は凄まじい。後方に大きく土煙が上がっている。

私が息を殺し、目を見張り、耳を澄ませていると、バイラが呆然と、

「始まった」

と呟いた。そして、私の視線に気づき、

「ナーガの衆が動き申した」

とはっきりと言い添えた。

私は再び炎の蛇に目をやった。が、何が起こっているのか、よくわからなかった。群盗どもは炎と雷鳴を伴い、物凄い勢いで我々のほうへ迫っている。一つ一つの輝く点は次第に大きく、気味悪い赤色になり、ちらちらと舐めるように動いた。まことに猛々しい光景だったが、私は恐れなかった。連中は我々の用意した死の顎へ真っ直ぐ進んでいるからだ。

ふいに、

「ナーガどもが、殿を捉え申した」

バイラが夜目の利かない私に告げた。

ようやく私も、炎の蛇の尾の部分の光点が揺らいでいることに気づいた。

「ナーガ兵が次々に仕掛けており申す」

バイラが続けて言った。やがて、炎の蛇の前進が止まった。自らの尾を呑もうとする伝説の毒蛇のように、炎の蛇が頭を巡らせた。賊のものだろう、仲間に警告する声がここまで聞こえ、甲高い剣戟と怒号と悲鳴、馬の嘶きが後に続いた。時折、矢羽根の風切り音が空気を裂いた。

「むう、賊の中軍が伏兵に気づいたか」

「大丈夫か」

戦闘音を聞きながら、私はだんだんと不安になってきた。

あの炎の乱舞の中で、ナーガ兵たちが優勢な賊の騎兵相手に戦っている。

「大事ござらぬわい。ナーガども、賊の前後を封じており申すわ」

御味方優勢でござるというバイラの言葉を証明するように、戦は急速に終息した。鋭い笛の音が何度か響き、炎の点がぱっと散った。松明を投げ捨てたのだろう、光が点々と地に撒かれていく。それでも暫くは蹄の音が聞こえてきたが、やがてそれも消え、荒野に沈黙が戻った。

「どうなった」

私は急くようにバイラに尋ねた。

「どうやら賊どもは散ったようでござるな」

「逃げたのか」

「そう考えるのは早計。再び集結して再編成し、仕掛けてくるやもしれず」

ナーガ兵らに再戦を挑むか、屋形が手薄と見て迂回強襲してくるか、油断は禁物と言った。

「では、我らも備えを解くわけにはいかぬか」

「御分別でござる。何、もうすぐ日が昇り申す。敵の企みは刻ならず明らかになり申そう」

バイラが私の不安を拭うように鼻を鳴らした。見ると、東の空が白々と明け始めていた。

「殿様、そう気を張っていては思わぬ不覚を取りましょう。さあ」

テラーニャが玄関の框から床几を持ってきて、私に勧めてくれた。

疲れ果てて、言うべき言葉も出なくなっていた私は、黙って床几に尻を落とした。冷たい夜気の中、ようやく私は下帯の裏まで汗に濡れていることに気づいた。

太陽がようやく全身を現し、私は龍牙兵たちに命じて櫓に上らせた。

「どうだ」

だ。

私は櫓を見上げて声をかけた。重い具足を着たままで、櫓の梯子を上る気になれなかったから
「四周に敵影を認め申さず」

遠眼鏡を翳しながら、龍牙兵が叫び返してきた。

「ナーガたちは」

「今、こちらへ向かっており申す」

「わかった。物見を続けよ」

そう言ってから、私はテラーニャとバイラに振り返り、

「賊ども逃げ去ったようだ。シャドウ・デーモンは戻ったか」

「ここに」

「ひっ」

耳に息をかけられ、私は危うく転びかけた。シャドウ・デーモンのジニウが不景気な顔で私を見つめている。

「お前たち、私を驚かせて戯れおるか」

「はて」

シャドウ・デーモンの捜索小隊長は不思議そうに顔を歪めた。

「敵の動きは」

私は気を取り直して訊いた。

「全て逃げ散り申した。もはや影も見え申さず」

「ふむ」

「賊の大将はかなりの切れ者、形勢不利と見るや、速やかに退きまいた」

「ふむ、ではまた仕掛けてくるか」

「一度攻めたならば反復すべし、兵法の初歩でござる」

バイラが腕組みして言った。

「敵は余力を残して退き申した。再び寄せてくるは必定」

「わかった。ジニウ」

「は」

「ナーガらが帰還したならば、通常の警戒態勢に戻れ。遠くに去ったなら、どうせすぐには寄せてこれまい」

「仰せのままに」

来たときと同じようにジニウが影に沈むように消えた。

「さて、ナーガたちを出迎えようぞ」

私は大きく伸びをして歩きだした。


それほど待つこともなく、ナーガ兵たちは緑地に帰ってきた。列の後ろに十数頭の馬と駱駝が見えて、その背にはまだ血の滴る骸が積まれていた。

彼らは大手の前で足を止めるや、賊の死骸を降ろして並べ始めた。

「殿」

私の姿を認めてネスイが血と泥で汚れた顔を歪(ゆが)ませて笑顔を作った。

「よう戻った。どうであった」

「は」

ネスイは姿勢を正し、

「敵の数は凡(およ)そ百五十。いずれも馬か駱駝(らくだ)に跨(また)り、手に松明(たいまつ)を持ってござった。手筈(てはず)通り、道中に手分けして伏せ、殿(しんがり)から討ち取るべく仕掛けまいたが、すぐに気取られ乱戦になり申した。我ら、地を這(は)うて馬の脚を斬り払い、落馬した者から仕留めましたが、敵の大将らしき者の呼子を合図に一斉に散ってござる。徒歩(かち)の我らに追う術もなく、用心のため円陣を敷き、夜明けを待って帰参した次第」

「こちらの被害は」

「討ち死にはござらぬ、手負いは八名ばかり」

戦死者がいないと知って私は胸を撫(な)で下(お)ろした。

「怪我(けが)の具合は」

「槍創(やりきず)が三、馬の蹄(ひづめ)に蹴られ踏まれたるが五、いずれも浅手で」

「速やかに包帯所へ」

「心得て候」

ネスイが振り返って手で合図すると、負傷したナーガたちが仲間に助けられて屋形の奥へ消えた。それを見届けながら、

「踏まれたか」

私は確かめるように訊いた。

「確かに」

「では、やはりただの匪賊か」

騎兵用の軍馬なら、突撃に際して脚を痛めぬため、倒れた人や馬を踏みつけぬよう調練されている。少なくとも敵は王国の軍兵ではないということか。

「恐らくは」

だが、ネスイは腑に落ちない顔をしている。

「しかし敵ども、ただの群盗にしては、かなり統率が取れておったのも事実。怪態なり」

「魔導士は見たか」

「わかりませぬ。我ら素早く敵に膚接した故、相撃を恐れて法撃せなんだかも」

「ふむ」

私は地に並べられた屍骸を眺めた。数は十一。思ったより少ない。人間が四、エルフが四、ドワーフが三、驚いたことに、エルフのうち二人は女だった。いずれも具足姿で、中にはかなり良い胴を着けている者もいる。死体の大半に矢疵が目立った。全員が首を裂かれているが、これはナーガたちが作法通り施した止めの疵だ。

「これで全てか」

「馬と駱駝の死骸を除き、余すことなく回収してござる。賊ども、逃げる際に手負いを拾えるだけ拾うており申した。敵ながら天晴れ」

私たちが死体を実検していると、ゴブリンたちが近寄ってきて、死体の列を囲んで恐々と何事か言い合いだした。

「カゲイ殿」

私はゴブリンの族長に声をかけた。

「この辺りの盗賊どもは、このように備えが良いのであろうか」

「いや、このように物具揃うた賊は珍しうござる」

ほとんどが着の身着のまま、奪った防具を身に着けていても、大半は半具足であるという。

「誰か、顔を見知った者はござるか」

私は皆に聞こえるように言った。

すると、物見槍を携えたゴブリンの若者が恐る恐る声を上げた。

「この男」

エルフを指さし、

「ハクイの町で話しかけられましてございます」

「シャギか。何時のことだ」

カゲイが厳しい声で訊いた。

「賭場にて隣同士になり、意気投合して酒を奢られました」

「何を話した。まさか、この泉のことを漏らしてはあるまいな」

カゲイが険しい顔で刀の柄に手をかけた。

「滅相もござらぬ。他愛もない世間話でございます。ゼキ様のことも、この泉のことも一言たりとも話しておりませぬ」

　シャギという若者は、哀れなほど上ずった声で答えた。

「恐らく、探りを入れられたのはシャギただ一人ではあるまいと存ずる」

　死骸の列を見下ろしていたハマヌが口を開いた。

「高価な地虫の肉を売り回っておった故、目をつけられたのでござろう」

　立ち上がって私に目を向けて、

「目立たぬよう小口に分けて売り捌(さば)いた積りであったが、不覚にございました」

　詫(わ)びるように深々と頭を下げた。

「いや、こちらこそ思慮が足らず、御迷惑をかけた」

　私は慌てて手を振った。気まずい。突き詰めればこの戦、私の浅知恵が因(もと)なのだ。

「となると、この者どもは一体」

　話題を変えようと、私は誰に問うともなく言った。

「どうやら王国の冒険者だな」

　死体を一つ一つ嘗(な)めるように調べていたクルーガが立ち上がって告げた。

「なんと」

　皆の耳目がクルーガに集まる。

「これを」

　ヴァンパイアが私に数枚の木札を差しだした。いずれも奇妙な紋様が彫られていて、細紐が通されている。

「これは何だ」

「王国冒険者組合の鑑札だな。恐らく全ての者の懐に同じものがあるだろう」

「まさか、これほど早う冒険者に知られるとは」

バイラが呻き声を上げた。私はクルーガに向き直り、

「既に王国政府に知られたということか」

「即断はできない。遣り口が荒すぎる」

クルーガは鑑札を手で弄びながら、

「まるで盗賊の急ぎ働きのようだ。カゲイ殿らが地虫の肉で荒稼ぎしたのを見て、銭の匂いを嗅いだのだろう」

ゴブリンの群れと侮り、同輩に声をかけ人数を集めて横取りを企んだが、思わぬ組織的な抵抗に遭い算を乱して後退したのだろうと言った。

「となると、冒険者ども、攻め口を変えてまた寄せてくるな」

「いかにも」

バイラが仏頂面で鼻を震わせた。

「どう攻めてくると思う」

「今度は本腰を入れて攻め寄せて参りましょうな。白昼堂々、隊伍を組んで寄せてくるやも知れず」

「他人事のように申すな」

「まさに、物事は天高く飛ぶ鳥の目で俯瞰する如く見ることが大事でござるぞ。さて、如何なされ

る」

「聞いたような口を」

減らず口なら幾らでも出るが、良い考えは出てこない。思案がまとまらないので、私は一時脇に置くことにした。

「もうよい、死体を片付けよ」

そう言ってバイラに目配せした。心得たりとバイラが顔を寄せてきた。

「冒険者どもから物具を解き、死骸は全て二の丸の坑へ」

ゴブリンたちに聞こえぬよう、声を潜めて囁くように言った。

「は」

頷いたバイラがナーガたちに向かって叫んだ。

「賊どもの物具を剝げ」

ナーガ兵が小柄を手に血で固まった具足の紐を切り、死体から引き剝がして積んでいった。その横には戦場から拾ってきた刀槍が山になっている。

「これは全て我らが受け取り申す、よろしいか」

私は横に立つカゲイに尋いた。

「異存ござらぬ。全てゼキ殿の御家来衆の手柄でござる」

壊れ具足など貰っても、たいして銭にならない。わざわざ売りに行っても運び損とカゲイは笑った。

「かわりに、生け捕った馬と駱駝は全て差し上げよう」

「よろしいのか」

「どうせ我らには必要のないものでござる。が、そちらは何頭いても困りはせぬでござろう」

「確かにその通りだが、よろしいのか」

騎乗のために訓練された馬と駱駝だ。遊牧を生業とするゴブリンたちには垂涎だろう。

「遠慮せず受け取ってくだされ。迷惑料でござる」

「かたじけない」


やがて、物陰に控えていたインプたちが寄ってきて、戦利品と丸裸になった死体を抱えて屋形に入っていった。

「死体をどうされるのか」

死体の疵口から零れ落ちた臓物の欠片を薄気味悪そうに眺めていたバルグが尋いてきた。

「ああ、あれでござるか。浄めて埋葬いたす。死ねばもう敵も味方もござらぬ」

「お優しいことで。それも魔界の流儀にござるか」

私は照れたように笑顔を作った。

まさか正直に、下でリッチらが手踊りして待ち構えていて、肉と内臓は削いで生け簀の地虫に撒き与え、骨はスケルトン兵の触媒にしますなど言えるものか。

死体が運び去られるのを名残惜しそうに見送っていたクルーガが寄ってきた。

「さて、これからどうする」

こいつもバイラと同じことを言う。

「このたびのことは我らの失態。雪ぐには何をすればよかろうか」

カゲイまで深刻そうな顔をして訊いてきた。

私は途方に暮れた。どうして皆私に聞くのだ。そんな目で私を見るな。思わず泳いだ目が縋る想いでテラーニャに止まった。私の視線に気づいたテラーニャが、申し訳なさそうに微笑んだ。ああ、なんという孤独。

「よし、思い切ったぞ」

私は勢いよく膝を叩いた。力を込めすぎて激痛が走ったが、それは敢えて無視することにした。

「カゲイ殿、もう一度、ハクイの町へ行ってもらえぬかな。今度は生きた地虫も運んで売ってきていただきたい」

「それは」

カゲイは口籠もった。

「我が兵どもを道中の護衛につけ申す。それで」

私はカゲイに顔を寄せた。その目に微かに恐怖が見える。彼には一族を率いる族長としての責任がある。再度の襲撃を警戒しているのだ。

「町に着いたならば、ここで私が地虫の肉を売っておると吹聴してもらいたい。それに、群盗に襲われたものの、見事に撃退したことも」

「どういう意味でござる」

「町の住民がこの泉のことを知らば、冒険者どもが攻め寄せてくる理由がなくなる。正式に肉屋ということにしてしまえば、冒険者組合も手は出せまい」

「そううまうまと話が進みますかな。死人手負いまで出した冒険者どもが黙っておるとは」

「そのときは、衆を頼み肉屋を狼藉（ろうぜき）せんとしたことが白日に晒（さら）される」

「なるほどのう」

カゲイは得心したように何度も頭を上下させ、

「それで出立は」

「準備でき次第」

「承ったぞ、ゼキ殿」

カゲイが重々しく頷（うなず）いた。きっと、再び地虫を売って得る銭が、頭の中で音を立てているのだろう。

# 第五章　味噌汁で朝食を

　三日後、カゲイら一党は緑地を出た。まだ冒険者どもが横行しているかもしれない。だからこのたびの一行は、ほぼ野戦の小荷駄編成で行く。

　一間半の馬上槍を脇に抱えた騎乗の龍牙兵十八名を前後に置き、荷車を中央に据えて、これも武装したゴブリンらが犬を連れて左右を固めた。更に、シャドウ・デーモン一個分隊六名が隠密に随伴している。

　合戦道中に不向きな年寄りに女子供は、羊と犬十頭ばかりと緑地に残置され、ナーガ兵一個小隊が直接警備についた。いざとなれば屋形に避難させる段取りになっている。

　その屋形では、未明からバイラの指図で、インプとゴーレムたちが柵の外周に堀を掻き上げて土塁を築いていた。

「気をつけて参られよ」

　私は馬上のカゲイを見上げて声をかけた。

「お任せあれ」

「地虫は生きたまま銭に替えられることのなきよう」

　生きた地虫は、神経節に鍼を打って麻痺させている。この最も新鮮な肉の保存方法を、試行錯誤の末に考えだしたのはクルーガの功績だった。

「生きたまま売って、養殖されでもしたら大損でござるからな」

「心得ており申すわい」

更に私はカゲイと轡を並べたミシャに顔を向けた。

「カゲイ殿らをよくお助けせよ」

「承知いたしました」

「よいか、町に着いても目立つことはするな。皆の安全を一番に考えよ。ゆめゆめ揉め事など起こすべからず。いざとなれば荷など捨て置いて逃げて参れ」

「承知」

「何処ぞの姫君が悪漢に乱妨されているのを見ても看過するのだぞ。病んだ父を抱えた町娘が借金の形に女郎に叩き売られていても無視せよ。麗しい巫女に一緒に世界を救いましょうなどと誘われても叩きだせ。わかったな」

「わかっており申す」

ミシャが、面白そうな困ったような顔で鎧の袖を揺すって答えた。

「殿様、ミシャ殿が困っております。昨夜から何度も同じことを仰って」

テラーニャが困り顔で口を挟んできた。

「しかし」

「幼子を巡礼に出すわけでもございますまい。カゲイ様もミシャ殿も困惑しております」

テラーニャが私の言葉を遮って言い放った。

カゲイとミシャが苦笑する顔を見合わせている。まったく、こやつらは私の気も知らずに。

「いや、殿様の御気遣い、痛み入ってござる」

ミシャが宥めるように言い、前衛に立ちますのでと告げて馬腹を蹴った。

「では、我らも参りますぞ」

カゲイが馬首を巡らせて一声吠えると、行列が一斉に動きだした。緑地に残るゴブリンたちが、夫や父親の名を呼んだ。

「くれぐれも頼み申したぞ」

なおも気遣う私の声に、カゲイは振り向くことなく片手を挙げて応えた。


緩やかな起伏以外に遮蔽物もない荒野だ。カゲイたちの隊列が見えなくなるまで何時間もかかる。ゴブリンたちも心得たもので、数分もすると皆それぞれの仕事に散っていった。私も屋形に帰ろうと踵を返したとき、呼ぶ声がして振り返った。カゲイの妻のミゼルが息子のクギラを連れ、思い詰めた表情で立っている。

「ゼキ様」

「様などつけずとも結構でござる。どうなされた」

私は中腰になって二人に視線を合わせ、クギラに向かって私にできる最高に優しい笑顔を作った。が、ゴブリンの幼児は顔を強張らせ、母親の袖を握る手に力を込めた。この幼児は未だに私の顔に馴れてくれない。手を伸ばして頭を撫でてやろうと思ったが、今回も諦めることにした。

「夫は、兄は大丈夫でしょうか」

「心配ござらぬ。我が精兵が荷守りについてござる。帰ってくるまで、心安らかに過ごされよ」

「ゼキ殿」

「はい」

「私ども一族は、戦火から逃れてやっとここに辿り着きました。ここは素晴らしいところです。羊の食む草が豊かで、水の心配もございません。皆、ここに居着き、心穏やかに過ごしたいと思うています」

「それは私も同じこと。私も戦に明け暮れる祖国に倦み、ここを安息の地と定めたのでござる」

「この騒ぎが収まれば、平和に暮らしていけますか」

「無論。何の心配もいり申さず」

私は大嘘をついた。いずれこの地は敵に囲まれ、魔女の鍋の底みたいになりますなんて言えない。

「ならばあの戦支度は」

「ああ、あの普請は」

私は首を回して堀を掘るインプらに顔を向けるや、

「ただの盗賊避けにござるよ」

「まことですか」

「まことに」

安心させようと私は何度も頷いてみせた。ミゼルが私の目を見つめている。信じていない眼だ。

私だって信じていない。でも、このゴブリンの一族には縋るものが他にない。

「何か困ったことがあれば、何でも申されよ。ほれ、あそこのナーガにでも」

私は腕を振り、薙刀を肩に野営地を巡回しているナーガを指し示した。

「話せば気のいい輩でござるよ」

実際、ゴブリンの子供たちはもう異形に馴れ始めている。そのナーガ兵にも童たちが歓声を上げながらまとわりついていた。

「ええ」

ミゼルが気味悪そうに眼を向けた。大人たちはまだ私を信用していない。


二の丸の屍者の坑では、スケルトン兵の生成が始まっていた。

「どうだ」

穴の底を見下ろしていたクルーガとリッチらが重々しく振り向いた。

「問題はないか」

私の問いに、

「工程に問題はない」

サイアスが無表情に答えた。骸骨なので表情など最初からないのだが。

「しかし」

「しかし、何だ」

「数が少ない」

不満げな声が響いた。

「新鮮な死体が百は届くと聞いていた」

「うむ、それは」

私は言いながら穴の縁に立って下を見た。穴の底には冒険者たちの骨を埋めた土饅頭が十ばかり、その中央に魔法円が青く光っている。

「仕方ない。賊ども、なかなかに分別を弁えておってな。形勢に利有らずと見るや速やかに引き退りおった」

「これでは数を揃えるのは当分先になる」

「それは困ったな」

死を恐れず、どれだけ損害を受けても隊列を崩さぬスケルトンは重槍兵に最適だ。

「重槍兵は他の魔物で代替するのはどうかな。例えばミュルミドンとか」

興味深そうに魔法円を眺めていたクルーガが口を開いた。

「むう」

蟻兵ともいう。甲殻に覆われた勇猛な魔物だ。集団行動に優れ、本能的に一糸乱れぬ動きをする。

「だが」

私は首を振った。

「重槍兵は数が全てだ。ミュルミドンで兵数を揃えるには魔力がかかりすぎる」

「そうか」

具申を却下されたことに残念でもなさそうにクルーガが呟いた。

「それに、いずれ近いうちに穴の死体は増えることになる」

「当てはあるのかね」

　とサイアスが、僅かに首を曲げた。

「まさかゴブリンどもを」

　何もない眼窩の奥が光った気がした。

「やめろ。冗談でも申すな」

「では何処の誰を放り込むのか」

「どうせ冒険者どもがやってくる」

　クルーガがぴくりと薄い眉を上げた。

「どういうことだ。冒険者が攻め寄せぬようにするために、ゴブリンたちを町に送ったのではないのか」

「数を恃み正面から寄せてくることはなくなるだろう。だが」

　私は皆を見回した。

「今度は少数による浸透に切り替えてくる。肉屋の看板を出したくらいで連中が手を引くと、本当に信じていたのか」

「なら何故、昨日そう言わなかった」

「ゴブリンどもを安堵させるためだ」

　誰でも都合のいい話は耳に優しい。

「騙したのか」

「人聞きが悪い。言ってどうなる。ゴブリンらを無駄に怯えさせるだけだ」

「ふむ」

クルーガが顎に手をやって考え込む顔をした。

「まさか、わ主まで本気で冒険者は来なくなると信じていたのか」

「いや、うむ、まあ、その可能性を考慮しないわけではなかったが」

クルーガがはっとした顔をして取り繕うように言った。ヴァンパイアが動揺した顔は初めて見たので、私は少し楽しくなった。

「それとな」

私の言葉にクルーガが言い訳の口を閉じた。

「ミュルミドンの件は考えよう。重槍兵(じゅうそうへい)の脇を固める打ち物の兵が必要だ」

「ナーガたちでは駄目なのかね」

「ナーガは迷宮内のような暗所狭所(あんしょきょうしょ)での戦いには優れているが、隠掩蔽(いんえんぺい)に乏しい平地での合戦ではその力を存分に揮(ふる)えぬ」

このたびの冒険者との戦闘で思い知った。

「ふむ」

クルーガが感心したように顎を引いた。

「では、ミュルミドンを召喚するのか」

「まだ先の話だ。まとまった数を召喚しなければならぬが、まだ魔力が足りぬ」

「そうか」

ヴァンパイアは何処(どこ)となく晴れやかな顔をした。

「どうでも良いが、穴に投げる死体は増えるのだろうな」

空気を読まないリッチが口を挟んだ。私はサイアスに向き直り、

「最初のスケルトン兵は何時頃出てくる」

「一週間ほど」

素っ気なくサイアスが答えた。

「その頃には甲冑も長柄槍も仕上がるとギラン殿も申しておりました」

それまで口を噤んで話を聞いていたテラーニャがそっと言い添えた。

「うむ、それでは頼んだぞ」

問題の解決をさりげなく先送りして私は穴を後にした。

私とテラーニャは地上の屋形に戻り、奥座敷に入ると、手足を伸ばす暇もなくラミアたちが遅い朝餉を運んできた。

膳の上には粥が一碗に具もない味噌汁、それに香の物が四切れ。

「これは」

と訊くと、

「いずれもカゲイ殿御一党がハクイの町から調達したものでございます」

膳を運んできたラミアのミニエが答えた。

「よう作れたな」

「ゴブリンの女房衆に教わりました」

「ふむ」

簡素で薄味だが、地虫の肉と甘露に飽きた舌には有難い。

「うむ、美味い」

「よろしうございました」

ぱっと喜色を露にした。

「この味噌汁、ただの味噌ではない。出汁が取れているな」

「はい、ゴブリンから小魚の煮干しなど分けていただきました」

「ふむ、たいしたものだ」

「ここで余っているものと言えば甘露と地虫、それに岩塩くらいで」

すまなそうに言うので、

「うむ、町との取引が盛んになれば色々と取り寄せよう」

「はい」

「それで、皆にも食わせておるか」

「はい、屯食にして味噌を塗り、炙って配っております」

「それで評判は」

「はい、ナーガたちは喜んで食ろうております。バイラ殿も」

「そうか、そうか。皆喜んでいるか。良かったのう」

「しかし、クルーガ殿もサイアス殿もあまり良い顔をなされず」

「あ奴らはアンデッドだからな」

「それでもクルーガ殿には食べていただきました。サイアス殿は見向きもせず」

「待て、サイアスはリッチだぞ。胃腑もないのに食べられるわけもなかろう」

ミニエははっとした顔をして、

「あれ、私としたことが」

両手で顔を覆って顔を伏せてしまった。

「サイアスも困ったであろうな」

あの骸骨面が困り果てている光景が浮かび、思わず声を上げて笑った。

「ほほ」

テラーニャもつられて笑いだした。

「とんだ粗相を」

「まあよい」

恐縮して平伏しようとするミニエを手で制し、

「案ずるな。リッチは魔法の深奥を究めんと高僧や高位の魔導士が即身変成し、輪廻の環から解き放たれたる者。それくらいでは動じぬ」

「しかし」

「ああ見えてサイアスは奥床しき性故、お主を傷つけまいと気づかぬ振りをしたのであろう」

恥じ入るラミアをなんとか宥め、

「米も味噌も食いたい者にはどんどん食わせてやれ」

「あまり蓄えはございませぬ。大事に使わねば」

テラーニャが横から口を出した。

「なに、構わぬ。そのときは地虫と甘露に戻ればよいのだ。望むまま腹一杯食わせよ。良いな」

ミニエのほうを向いて言った。

「はい」

ミニエが慌ただしく頭を下げた。

「本来は看護兵のお主らに賄までさせてすまなく思うている。いずれ、賄役の者も召喚しようぞ」

ミニエが膳を下げて出ていき、私は座敷にテラーニャと二人きりになった。

「少し休もう。朝から歩き詰めだ」

私は大きく伸びをして脹脛を揉みながら、テラーニャが部屋の隅から火打箱を引き寄せて煙管を取りだすのを何気なく眺めた。ギランの鍛冶場で作らせた延煙管だ。

テラーニャは手慣れた仕草で煙草を詰めると、俯いて火皿を炭火に近づけて、二度三度と息を吸って焚きつけて、すうと一息吸ってようやく吸い口から唇を離した。それから細い眼を一層細め、陶然とした表情で長く細く紫煙を吐いた。

そこでふいに私の視線に気づき、ぱっと顔に朱を走らせ、

「主様、そんな目で見ないでください。恥ずかしい」

「いや、心地よさげに吸うものだから、つい見とれてしもうたわ。許せ」

「もう、主様は目力が強すぎて、凝っと見つめられると落ち着きませぬ。まるで裸にされたよう」

眼の端を赤らめながら、テラーニャが詰るように口を尖らせた。

「それはすまぬことをした。ほれ、この通り」

私はおどけて両手で目を覆ってみせ、

「さあ、心置きなく喫うがいい」

テラーニャはけらけらと笑いだし、

「お止めください。却って恥ずかしうございます」

「そうか」

「それより」

急に真面目な顔をしてテラーニャが言った。

「何だ」

「先ほどの御言葉でございます」

「はて」

何のことかわからなかった。

「賄の者を召喚なされるとか」

「おう、あれか」

「当てはあるのでございますか」

「むう」

正直、何も思いつかない。

「主様は優しすぎまする。それ故に何でも安請け合いされて」

「面目ない」

私は俯いて身を縮こませた。

やがてテラーニャは煙管を灰吹に置き、私に向き直った。

「それでも」

言葉とともに、膝に優しい感触がした。目を上げると、にじり寄ったテラーニャが私の膝に手を置き、細い眼が間近に私の顔を覗き込んでいる。

「皆、そんな主様を好ましう思っております」

煙に混じる甘ったるい体臭に私は思わずぎくりとした。

「無論のこと、妾も」

妖しく歪んだ唇が近づいてくる。私は魅入られたように固まった。


「殿、殿はいずこ」

快く緊迫感溢れた静寂を、ミノタウロスの胴間声が無慈悲に打ち破った。どたどたと重量感に満ちた足音が座敷にまで響く。

テラーニャが私を突き飛ばすように体を離し、居住まいを正した。その直後、

「殿、普請のことでお話が」

がらりと板戸が開き、バイラが巨体を傾けて入ってきた。

「殿、ここにおられたか」

座敷を見回し、

「はて、お二人とも顔が赤い。風邪でござるか。いや、気をつけていただかねば困りますな」

がらがらと大声で笑って、地響きを立てて折敷いた。私はこいつを召喚したことを心の底から後悔した。

「ふむ、賄役でござるか」

バイラが首筋を掻きながら呟いた。

「賄の者など、分を超えた贅沢ではござらぬか」

詰まらなそうな顔をして、

「それよりラミアの数を増やしなされ。医療兵が三名では、ちと心細うござる」

バイラのくせに至極真っ当なことを言った。

「これからは手負いも増えましょう。ラミアの数を増やせば余裕も生まれ、賄する暇もできましょう」

「むう」

ちらと目をやると、我が意を得たりとテラーニャが何度も頷いている。

「そうか、ミノタウロスの娘でも呼ぼうかと思うておったが」

「え」

バイラが目を見開き、口開けして私を凝視した。

「ミノタウロスの女性はそれはもう美しいと聞き、賄に最適と思っておったが」

「あ、いや」

「しかし、お主がそう言うならばやむを得ぬ。ラミアを呼ぼうぞ」

「むむ」

バイラが顔を真っ赤にして呻いた。

「どうした。呼んで欲しいのか。ミノタウロスの賄女を」

「いや、とんでもない。ここは戦陣、恋仲になるなど以ての外でござるぞ」

バイラの声が裏返っている。

「誰と誰が恋仲になるのだ」

「あ、いや、滅相もない」

後ろでテラーニャがぷっと噴きだした。

「だいたい、ミノタウロスの娘を召喚したとて、お前に懸想するとは限るまい」

「殿、何を世迷言を。それがしは戦士でござる。色も恋も無用。そもそも色恋沙汰など御法度ではござらぬか」

バイラは湯気の出そうな顔で激しく狼狽えた。

「ミノタウロスの娘は肉置き豊かで、胸など一抱えもあると聞く。さぞ見応えがあろう」

その豊満な肢体を思い浮かべ、私はつい遠い目をした。

バイラが居心地悪そうに身を竦めている。ここらが潮時だろう。

「うむ、わかった、わかった」

私は笑いながら膝を叩き、

「汝の意見を容れてラミアの数を増やそう。ただし、段列を指図する者も必要である。いずれ、ミノタウロスの娘を召喚しようぞ」

「殿、それがしは決してミノタウロスの娘を希んだわけではござらぬ」

「わかった、そう向きになるな。これは迷宮にとって必要なことと思うたまでだ。決してお主のためではない」

「あ、いや、それならば異存ござらぬ」

バイラは居心地悪そうに立ち上がり、普請場に戻らねばと言い置いて、いそいそと逃げるように出ていってしまった。

「あ奴め、もう夫婦になった気でおるわ」

私は腹を抱えた。案外と繊細な奴だ。

「のう」

とテラーニャの顔を見て、私は蒼ざめた。テラーニャが鉄のような冷たい眼で私を見ている。体中から血が落ちる音が聞こえた。

「主様は巨きな胸の娘がお好みでございますか」

「あ、いや、待て、そのようなわけでは」

「どうせ妾は胸が薄うございます」

冷気を含んだ声。私は内臓が凍りつくかと思い、魂の底から震えた。

「そのようなことは申しておらぬ。ただ、ミノタウロスの娘の胸が巨きいと言うたまで。巨きな胸が好みなど一言も」

「いいえ。そういう目をされました」

「どんな目だ」

「きっ」

テラーニャが短い威嚇音とともに立ち上がった。

「そんなにお胸がお好きなら、ラミアの胸でも弄っておればよろしい。どうせ妾など」

そこで言葉を詰まらせた。気が昂ぶって言葉が出てこないのだ。やっと一息つくと、ゴブリンたちの様子を見てきますと叩きつけるように言い放ち、どすどすと足音荒く歩き去ってしまった。私は呆然と見送るしかなかった。


それからどれくらい経ったか、クルーガが座敷に入ってきた。

「先ほど、副官殿とすれ違うたが、随分と悄気返っていたぞ。また何か怒らせたか」

「クルーガか」

「どうも女心は理解できぬ」

私は恥ずかしさを誤魔化そうと頭を掻いた。

「何があったか聞かぬが」

クルーガが胡坐をかいた。

「よいかな、殿」

クルーガがこれ以上ないくらい真面目な顔をした。

「女子があしている場合、まず男が悪い」

「いや、私は何も」

「それが世の理だ。いいから、すぐ追いかけて謝るべきだ。崖から五体投地する覚悟で御機嫌を取れ」

「むう」

納得がいかない。

「いいか、殿様と副官殿に仲違いされては、私たちもしなくてよい苦労を背負い込むことになるのだ」

「しかし」

「しかしも糸瓜もない。さあ」

尻を叩くように急かされて私は嫌々腰を上げた。

「早く追い給え」

「ああ」

戸口に向かおうとして、私は振り返った。

「何か用事があったのではないか」

「そんなことはどうでも良い。さあ、早う」

どうにも腑に落ちないものを腹に抱えながら、私は小走りに玄関へ向かった。

# 第六章　復讐のゴブリン

カゲイらゴブリンの一行がハクイの町から戻ったのは、それから十日後、昼前のことだった。

「ただいま北北西三里の位置にて。こちらへ向かっておる模様」

「なんと」

私は思わず声を上げげた。

昨夜、一行から先行して戻ったシャドウ・デーモンから今日の帰着を告げられていたので別段慌てることでもなかったが、三里というのは遠眼鏡を用いても容易に気づかない距離だ。

「モラスは」

報せに来たナーガ兵に尋ねると、

「既に櫓の上に」

恐らく、見つけたのも、私に報せるよう指示したのもモラスだ。

「ふむ、では私も参ろう」

「バイラ殿とクルーガ殿には如何なさいます」

テラーニャが訊いてきた。

「呼ぶに及ばず。ただ、ゴブリンらの帰参のみ報せよ」

私はナーガ兵を伴って櫓に向かった。既に報されているのだろう。掻楯を担いだナーガたちが忙しなく行き来している。

　梯子を登りきり、胸に手を当てて息を整えると、

「どうだ」

　とモラスの背に訊いた。

　モラスは先日召喚したアルゴス。先日の戦訓で、シャドウ・デーモンのみに頼った警戒に限界を感じて召喚した百眼の巨人だ。本来は師団捜索大隊か重法兵旅団にしか配されぬ魔物だが、先日無理をして召喚したばかりだった。

　身の丈十尺、禿頭痩身、短袴のみの半裸で、その全身に目を模した紋様が無数に描かれている。その外見は、夜道で出会えば間違いなく失禁必至の恐ろしさだが、本物の目は象のように優しげだ。私は象なんて見たこともないのだが。

　目の模様は一つ一つが魔法眼である。常に四周を睨んで蠢くように動き、たとえ本人が眠っていても休むことがない。その目は闇も隠形も見通し、絶えず敵を探し求める。すなわち、このモラスには死角がない。

　この巨人は、魔法眼による警戒の他、戦時にはリッチら法撃兵を観測支援する役目も負っている。

　モラスが振り返り、私に向かって軽く頭を下げた。

「人数に異状はございませぬ様子」

　私に相対している間も、背中一面に描かれた魔法眼がゴブリンの列を見つめているのだろう。

「ふむ。このたびは大事なさそうか」

私は歩哨（ほしょう）のナーガ兵から遠眼鏡を受け取ると、モラスの横に立ち、巨人が指さす先に向けた。が、何も見つからない。

「丁度、稜線（りょうせん）の陰に入っておりますれば」

モラスが平板な口調で告げた。私は憮然（ぶぜん）とするわけにもいかず、黙って遠眼鏡をナーガ兵に返した。

「ただし」

自信なさげにモラスは続けた。

「どうした」

「妙に殺気立っておるようで」

「ふむ」

そう言われても今ひとつぴんと来ない。

「僅かではありますが、赤い気が強う立っており申す」

「何を言っている」

理解できず、私は問うた。

「アルゴスであるモラス殿は望見（ぼうけん）もいたします」

「うおっ」

突然、耳朶（じだ）に吐息を感じて私は転げ落ちんばかりに驚いた。いつの間に上ってきたのか、テラーニャが私の横に立っている。梯子（はしご）を上ったときとは違う汗が体中から噴きでた。

「お、おう、テラーニャか」

テラーニャが不思議そうな顔で私を見つめている。この迷宮には、気配を消すのに長けた者が多すぎる。

「殿様、どうなされました」

「う、うむ、大事ない、大事ないぞ」

私は汗を拭い襟を整えると、モラスに向き直った。

「汝は望見を使うか」

気を見て卦を読む戦場技術だ。かつては望見により彼我の陣の強弱を測り軍の進退を決めたというが、今では時代遅れの術とされて見向きする者も少ない。

私の口調に胡散臭げな気配を感じたのだろう。

「気を見ることの叶わぬ方々には、信じ難い話でありましょう」

寂しそうに笑った。理解されることを諦めた顔だ。

「うむ、私は気というものを見ることはできぬ」

私は足に力を込めてモラスを見据えた。蠢く魔法眼には慣れることができそうにない。

「だが、お主がそう申すなら信じよう」

「殿」

百眼の巨人が嬉し泣きしそうな顔で私を見た。すまない。私は心の中でモラスに詫びた。その顔も不気味で恐ろしい。

「ゴブリンどもは追われているのか」

私はもう一度問いかけた。

「否、そこまで切迫しておるようには見えませぬ」

「敵に追われておるわけではないのか」

「はい、ただし、行列の脚が些(いささ)か速うござる」

もうひとつ考えられるのは、ゴブリンたちの裏切りだが。

「随伴の龍牙兵らは無事か」

「はい、全員無事にございます。あの赤気、こちらに向けたものとも思えず」

私の問いの真意を察してか、モラスが付け加えた。

となると、カゲイの背信という可能性も低い。

「わかった」

「テラーニャよ、シャドウ・デーモンどもに伝えよ。別命あるまで警戒線を前方に移せ。異状があれば速やかに報(しら)せるようジニウに伝えよ。それからバイラに言って、非番のナーガどもも得物を持たせて配置につかせよ」

「畏(かしこ)まりました」

背を向けたテラーニャを慌てて呼び止めた。

「いや、待て」

「何か」

「やはりバイラには私から伝えよう。細々と指示せねばならぬこともある」

「承りました」

私はモラスと歩哨(ほしょう)のナーガ兵らを見回し、

「ここは頼んだぞ」

と言い残して梯子に足を向けた。

私はバイラとともに、大手口に立ち尽くしていた。太陽は中天へ達しようとしている。ようやく、私にもゴブリンの一団をはっきり見て取ることができた。留守を守っていたゴブリンの女子供たちも集まってきた。童が背伸びして手を振っている。身内の姿を探しているのだろう。

「殿」

ゴブリンの一行を見やりながら、バイラがぽつりと言った。

「何だ」

「カゲイらゴブリンどもに不審ありとは、まことでござるか」

「モラスはそう申しておる」

「ほう」

バイラは暫く息を詰めていたが、

「とてものこと、逆心を抱いておるようには思えませぬな。この泉には彼奴らの家族も居着いてござるのに」

「うむ」

「それに、牙兵どもを出し抜けるほどの役者とも思えず」

「私もカゲイらが裏切るとは思うておらぬ。だが、念には念を入れたいのだ」

遠くから私を認めて頭を下げるカゲイの妻ミゼルに笑顔で手を振りながら、私は答えた。

「ふむ。確かに油断は大敵でござるな」

やがて、ゴブリンの列の先頭が緑地へ入ってきた。身内の無事を確かめたゴブリンたちから歓声が上がる。

先頭のカゲイが私を見つけて大きく手を振った。その後ろで、ミシャが軽く頭を下げた。

「むう」

バイラが小さく呻(うめ)き声を漏らした。

「どうした」

「モラスの申したこと、まことでござるな」

「なんと、お主も望見をなすか」

「まさか、怪力乱神を語らず。それがし、見えもせぬものは信じており申さず」

「では」

「ささくれ立った兵気が充溢(じゅういつ)してござる」

「わかるのか」

「無論でござるわ」

バイラが得意げに鼻を鳴らした。

「モラスが申すことと同じに聞こえるが」

「なんの、モラスのいう望見は、軍陣にて壇を築き、幣帛(へいはく)を奉る合戦呪詛(じゅそ)の軍配者の芸でござろう。それがしのものは」

数多(あまた)の戦場で身に刻むように覚えたもの、年季が違うと憤然と答えた。

「そうか」

納得した表情で私は答えたが、実の所は『わからなさ』が増えただけだった。

そうこうしているうちに、カゲイらが目の前まで近づいてきた。

鞍(くら)からひらりと飛び降りたカゲイが、またもや高笑いしながら私に抱き着いてきた。相変わらずの酷(ひど)い臭いに息が詰まった。

「ゼキ殿、無事戻りましたぞ」

「お、応、よくぞ戻られた」

カゲイの後ろにはバルグ、ヒゲン、ハマヌ、バルグの倅(せがれ)のヴァジスが笑顔で並び、抱擁の順番を待っている。私は一瞬気が遠くなったが、なんとか顔に笑顔を貼りつけ、ゴブリンどもの蹂躙(じゅうりん)に耐えた。

「荷は前回と同じ場所でよいかな」

やっと抱擁の波状攻撃から解放されて安堵(あんど)の息を吸う私に、カゲイが訊(き)いた。

「ああ、玄関口でテラーニャが皆をお待ちしている。そちらへ」

「承った」

カゲイが大声で叫び、荷車を牽(ひ)く驢馬(ろば)がのろのろと動きだした。

「それでは、荷卸しを宰領して参る」

ゴブリンたちが足取り軽く屋形へ入っていった。

その後ろ姿には、家族との再会の喜びの他に何も窺(うかが)うことができなかった。

「お主もモラスも勘繰りすぎではないか」

私は小声でバイラに囁いた。

「むう」

釈然としない顔でバイラが呻くように言った。

「殿」

馬をゴブリンたちに返した龍牙兵たちが集まってきた。

「応、大儀であった」

私は笑顔でミシャの手を取った。

「よく無事帰ってきてくれた。詳しい話は後だ。まずは休め」

「そのことでござるが」

ミシャが言いにくそうに口籠もった。

「申し上げねばならぬ儀がござる」

私は龍牙兵たちを見回した。皆一様に暗く張り詰めた顔をしている。

「何かあったのか」

「それが」

私は、バイラとモラスの心配が杞憂でなかったことを悟り、気が重くなった。

その夕刻、私と龍牙兵らは、旅の無事を祝うゴブリンの宴に招かれた。

ゴブリンの天幕に囲まれた広場では、ゴブリンたちが幾つかの車座を作って私たちを待っていた。その中央に絨毯が敷かれ、カゲイが私に手を振っている。

私が上座に坐らされ、その両脇に龍牙兵たちが腰を下ろすと、次々に料理が運ばれてきた。ゴブリンたちの間から、小さな歓声が上がった。

目の前に、羊の骨付き肉、乳酪を混ぜ込んだ肉団子、肉と野菜の羹、馬乳酒の壺、野菜の揚げ煮、最後に羊の臓物の水煮が並ぶ。

向かい合って坐ったカゲイが身を乗りだし、

「馳走になってばかりなので、今宵は我らのゴブリン料理を味おうていただこう」

大皿に盛った羊肉を取り分けながら言った。

「我らも滅多に食えぬ料理であるが、これには特別な理由がござるのだ」

料理を盛りつけた小皿を私に差しだした。それを合図に、ゴブリンたちが一斉に料理に手を伸ばした。

「ふむ、だいたいの察しはついている」

皿を受け取りながら、私は答えた。

「既に御家来衆からお聞き及びか」

カゲイは平然と応じ、自分の皿にも料理を盛っていく。

「この羊肉は、ゴブリン王アクラ・ガラスの故事に因むもの。また、この臓の煮汁は、我らの間では仇討ちの縁起物でもござってな」

「ほう」

「これは祖父から聞かされた話であるが」

皿の中身を奪い合うように頰張るゴブリンらを横目で見ながら、カゲイは話を続けた。

「かつて上古の昔、壮烈王イステリウスがアクラ・ガラスの籠るメワリの城塞を囲んだ折、メワリの戦士どもは城から打って出て十三度の突撃を敢行し、壮烈王の旗に後一歩まで迫るも玉砕いたした」

流石のイステリウス王もその凄まじさに包囲陣を下げ、攻撃を手控えた。

その隙にアクラ・ガラスと近習たちは妻子を殺して命からがら城を落ち延び、遥かミシマ山の渓谷まで辿り着いた。そこで主従は犠牲の羊の腹を割き、血に濡れた内臓を壮烈王に準えて喰らい復仇を誓った。

「やがてアクラ・ガラスはゴブリンの部族を糾合して復讐戦を繰り広げ、ついに激闘の末に壮烈王を戦場で討ち果たしたと申す」

そこでカゲイは一息ついて馬乳酒を呷り、

「それが何時の頃からか、『仇討ちをなさんとする者は羊の腸を仇と思うて喰らえ。さすれば復讐の大願成就間違いなし』と申し伝えられるようになり申した。我が祖父ヤガルも、曾祖父の仇を討つ旅に出たときは、羊の心臓を腹に詰めたという話にござる」

言い終わると、これは我が怨敵ザイルめの心の臓でござると誇らしげに臓物を口にした。

「なるほど、そういう由来でござるか」

私は探るように訊いた。

「手下から凡そは聞いてござるが、改めてカゲイ殿の口から事の仔細を伺いたい」

「ふむ、ごもっともでござる」

カゲイが馬乳酒の土器を置いて襟を直し、つられてヌバキ族の主だった者たちも酒を置いて背を伸ばした。

やがて、カゲイが深呼吸して訥々と語りだした。

「ハクイの町にて、我らはゼキ殿のお言いつけに従って地虫の肉を売り払い、その折にこの泉のこと、泉地を統べるゼキ殿のことを言い触らし申した」

故国から逃れた魔族の男がデス・ワームの巣を探り当て、その肉を気前よく安値で売っているという話を、市場の者だけでなく、酒場や賭場にも盛んに通い、大声で吹聴したという。

カゲイの話を確かめようとミシャに顔を向けると、彼も静かに頷いた。

「さて、地虫を売った銭でゼキ殿への土産など買い集め、出立する前の晩」

見知ったゴブリンがカゲイらの泊まる宿を訪ねてきた。

「その奴は、かつて我が一族の端に連なる者でござる。厄介事を起こして一族から追い放ちを受けた後、クマンの族に取り入ってその帷幕に座を連ねるまでになった者にて」

カゲイが険しい顔をした。

「そのクマンとやらが」

「然り。我らの野営地を襲い、ゴルの地から追った張本」

吐き捨てるように言った。

その者は、クマン族の首長ザイルの名代であるといい、この泉の入会権と、地虫の肉を取引する鑑札を要求してきたという。もとより私とカゲイは口約のみで、鑑札など交わしていない。だが、クマン族はカゲイが私との取引を独占していると思い込んだのだろう。

「大人しく要求を聞けば良し。クマンの風下に立つと誓うならば、故郷の地に戻ることも苦しからず。さもなくば、攻め滅ぼすべしと」

　とうとうカゲイは言葉を途切らせ、忌々しげに拳で地を叩いた。

風下とは、奴婢のごとく召し使われるということを意味する。これ以上の屈辱はあるまい。

「それで復讐祈願の宴でござるか」

　私はゴブリンたちを刺激せぬよう用心深く訊いた。

「応よ、我らの肚は決しておる。我らこれよりクマンの賊どもに決戦を挑み、雌雄を決する」

　カゲイの声に、ゴブリンたちがほたほたと膝を叩いて賛意を示した。

「勝ち目はござるのか」

「勝負は時の運でござる。我ら、一族討ち死にの恨みを忘れることなどでき申さぬ」

　カゲイの隣に坐ったヒゲンが声を荒らげた。応とゴブリンの間から声が上がる。

「もう一度訊こう。敵の数は」

　私は雑音に構わずカゲイに問い直した。

「配下の部族の壮丁全て集めて凡そ五、六百、それに加えて銭を撒いて様々な種族の牢人を数多飼うていると聞く」

　カゲイらは戦える者を全て掻き集めても百に満たない。

「数の上では勝ち目は薄そうに見えるが」

「そこで」

　カゲイが思い詰めた顔でハマヌに目配せした。

　ハマヌが革袋を両手で捧げ、私の前に置く。ざらりと重そうな音がした。

「我らが蓄えたる金子の全てでござる」

「どういうことかな」

「これで我らに合力していただきたい」

錆(さ)びた声を絞りだすように、カゲイが言った。


宴(うたげ)が終わると、私は迷宮の主立つ者たちを屋形の広間に集めた。

私はゴブリンとの談判のあらましを語ると、湯呑(ゆのみ)の茶で唇を湿らせ、

「さて、如何(いかが)するか、汝(なんじ)らの存念を訊(き)きたい。好きに語れ」

と一同を見回した。一拍置いて、バイラが口を開いた。

「むしろ、そのクマンのザイルとやらと手を結んだほうが良うござらぬか。かなりの勢力なのでござろう」

「うむ、ただし、カゲイが申すには、そのザイルとやら、かなりの強欲者であるという」

敵(かたき)であるカゲイの申すこと故、何処(どこ)まで信用してよいかわからぬが、と私は付け加えた。

「我らを喰(く)い物にせんとするのかもしれぬ」

「ふむ」

話を聞いていたクルーガがぼそりと言った。

「それだけの強勢ならば、有り得る話だ」

そこで私は龍牙兵たちに顔を向け、

「クマンの者を見たのは汝(なんじ)らだけ。実際に見て感じたことを、有体(ありてい)に述べよ」

「会うたといえども、使いの者のみにござる」

ミシャが龍牙兵を代表して答えた。

「ただし、その使者も然るべき者ではなく、咎人でござる」

我らを軽く見ているは必定、と不機嫌そうに言う。他の龍牙兵らも小さく頷いた。

「ふむ」

私は腕を組んで考える振りをし、他の者の意見を待った。

「しかし、カゲイのヌバキ族に味方するとなると、クマンと戦になりますな」

ギランが皆の反応を窺うように言った。

「相手は最大六百の騎兵でござるぞ」

場が水を打ったように沈黙した。

「さて、ヌバキとクマン、どちらに味方すべきか」

私は一同を見回した。皆、息を詰めて私を見つめている。と、隣に坐るテラーニャと目が合って、気づいたテラーニャが眼の端に笑みを浮かべた。

「テラーニャ、何か言いたいことはあるか」

「殿様はもう決めておられるのでございましょう」

テラーニャが微笑みながら落ち着いた声で答え、その一言で、一同が凄味のある笑顔を浮かべた。なんだ、皆もう決めているではないか。

「物頭よ」

私はバイラに顔を向けた。

「屋形の普請は何処まで進んでおる」

実際は、毎日歩いて検分していたので承知していたが、皆と認識を確かめるため、私は敢えて問うた。

「応」

バイラは鼻息荒く返事して身を乗りだし、

「堀の掻き上げは概ね終わり申した。後は障害の構成と、狭間の作事を少々」

「どれほどかかりそうか」

「半日もあれば用は足りるかと」

「ふむ、それでは」

私は背筋を伸ばして一同を見回し、

「我ら、カゲイの一党に加勢し、クマンとそれに連なる者どもを討ち果たす」

気張って声を上げた。

「応」

と一同が力強く応じた。

「よかろう、ではこれより場定めする」

私は中央に置かれた絵図面を覗き込んだ。

「屋形の東西南北にそれぞれ小隊陣地を築く。場所は柵から一丁、細かい位置は私が示す。鍛冶場を除き、全てのインプとゴーレムを使え。それぞれの陣地に各一個突撃小隊と弩兵一個分隊を配置せよ」

私は小柄の先で絵図上のそれぞれの位置を指した。

「うむ、各小隊は陣地を固守し、屋形の防御を掩護せよ」

「前哨でござるな」

「承った」

ネスイが平伏した。が、すぐに訝しげな顔をして、

「それでは、屋形の柵の守りはどうなさるので」

「柵の守りはゴブリンどもに任せる」

「なんと」

同席していたナーガの小隊長らが響いた。

「あのような者どもに屋形の守りを委ねられるか」

「落ち着け。彼我の兵力差を考えれば、どうせ柵の内の戦闘になる」

乱戦になれば組織的な戦闘は覚束ない。兵を無駄に消耗したくなかった。

「しかし」

ネスイが不満そうに首を傾けた。

「案ずるな、手当てはする」

続いて私は部屋の隅に置かれた石像のようなサイアスに声をかけた。

「何か」

「屍者の坑からアンデッドは何人出せる、スケルトン・メイジだ」

サイアスは反応を示さない。しかし、私にはサイアスがその骸骨の中で思惑を巡らせ、算段して

いるくらいはわかっている。このリッチとの付き合いも長い。

やがて、サイアスは顎を僅かに動かした。

「一個法兵大隊十八名」

「うむ。速やかに呼びだせ」

「造作もないことだが」

サイアスは何か言いたそうに私を見た。

「良いのか。殿は重槍兵を所望していたはず」

「打ち物はミュルミドンを召喚し、これを充てる」

「ならば、言われる通りに」

「うむ、メイジが揃うたならば、それを指揮せよ。法兵群だ」

「各陣地に配兵しないのか」

陣地防御戦の場合、法撃兵は分散配備が定石だ。しかし、私は敢えてそれを無視した。

「ああ、好きに使え。敵が寄せてくればゴーレムも全て預ける。モラスもだ」

急に名を呼ばれて、モラスがびくりと背を伸ばした。十尺の巨人だ。危うく頭が天井に刺さりそうになった。

「は、はっ」

モラスが慌てて頭を下げた。

顔に肉がついていたならば苦笑していただろう。サイアスは、そんなふうにモラスに何もない眼窩を向けていたが、

「良いのか、存分に使うが」

「何、構わぬ。汝らの法撃力こそ防御戦の要だ」

「ならば」

サイアスが私に髑髏面を向けた。

「各小隊陣地の待機壕は重掩蓋、いや、超重掩蓋規格にしてもらおう」

「バイラ」

私はミノタウロスに声をかけた。

「できるか」

バイラも察したのだろう。

「最優先で」

にたりと笑って頭を下げた。

一息ついたのを見計らって、クルーガが口を開いた。

「それで、ゴブリンの女房衆はどうするのだ。それに彼らの連れた羊なども」

「羊は諦めてもらおう。馬と駱駝は屋形裏の馬留めに」

私はテラーニャが湯呑に茶を注ぐのを眺めながら、

「戦の役に立たぬ女子供は迷宮に入れるしかあるまい。あまり奥に入れたくはないが」

私は迷宮の縄張りを思い浮かべ、

「二の丸の奥の溜りに入れよ。龍牙兵は護衛につけ」

「待たれよ」

ミシャが声を上げた。

「我ら、戦時には大手門が持ち場のはず。迷宮の奥で子守など」

「待て」

私は手を上げて言い募ろうとするミシャを押し止めた。

「女子供のみ中に置いておくわけにもいくまい。お主らが守るとなれば、ゴブリンどもも安堵するであろう。それに」

私は身を屈めて上目で龍牙兵らを見回し、

「ゴブリンの妻子を中に入れるは人質の意味もある」

わざとらしく声を低めた。

「カゲイらを完全に信用しているわけではない。秘かに通敵し、我らを一掃してこの地を乗っ取らんと企んでいない保証は何処にもない」

「まさか」

ミシャの顔色が変わった。旅を共にして、ゴブリンたちに情が湧いたのかもしれない。

「そのときは、全員殺さねばならぬ。わかるか」

ミシャは納得できかねる顔をしている。

「万が一の時の話だ。敵が二の丸まで迫れば、お主らは命にかえて斬り防げ」

宥めるように言った。ただし、その可能性は限りなく低い。その上の本丸では完全武装のギランらザラマンダーが周到に用意した虎口で待ち構えているからだ。

「それに、大手は早々に敵に奪われることになっておる」

そのような場所にお主らを置いてはおけぬわい、と私は慰めるように言った。

「仰せの通りに」

龍牙兵らが平伏(ひれふ)したのを認めて、私は言葉を続けた。

「この広間を我が指揮所とする。バイラとヴァンパイアは本陣に詰めよ。テラーニャ、ラミアらを指図して指揮所を整えよ。その後は本丸に包帯所だ」

「あい」

テラーニャが頭を下げた。

私は湯呑(ゆのみ)を取り上げて、胸を張って新しい茶をぐいと呷(あお)った。喉が焼けそうだったが、なんとか耐えて、

「それでは、私は今から現地にて小隊陣地の位置を差配する。その後、本丸にて召喚の儀を行う。バイラとナーガ衆は私と共に参れ」

改めて一同を見回し、

「よいか」

ばんと膝を叩(たた)いた。

「応」

重苦しい叫びが部屋中に響いた。

「それでは、一同、掛かれい」

私は負けじと大声で応じた。

「ゼキ殿」

闇の中、バイラとナーガ兵らと縄張りを確認し、後を彼らに任せて屋形に戻ろうとした私は、ゴブリンたちに呼び止められた。

声のほうを見ると、月明かりの下、カゲイを中央に十人ばかりのゴブリンが目ばかり光らせて私を見ていた。

「まだ寝(やす)まれなんだか」

世間話でもするような気安さでわざとらしく私は言った。

「返事をいただいておらぬ。眠れというのが無理というもの」

冷え切った声でカゲイが答えた。

「ふむ」

私はゴブリンらを見渡した。殺気を孕(はら)んだ視線が私を射貫く。

「ヌバキ御一族の銭を無駄にはいたさぬ。カゲイ殿の敵(かたき)は私の敵(かたき)同然。我ら、御手前(おてまえ)方に助勢するに決した」

私の言葉に、ゴブリンの間から小さく歓声が沸いた。

「ゼキ殿、かたじけない」

感極まった顔でカゲイが私に飛びついてきた。やはり臭い。

「では、この御家来衆の騒ぎも、戦備えでござるか」

闇の中を見渡しながらバルグが訊(き)いてきた。

「然り、我が屋形を要害となし、この地で敵(かたき)どもを要撃いたす」

「野に押しだして決戦を挑むのではございませぬのか」

バルグの息子のヴァジスが頬を真っ赤にして声を上げた。ゴブリンのうち何人かが大きく頷(うなず)いた。騎兵らしく野戦で決着をつけるものと思っているのだ。

私は小さく息を吐くと、

「それで勝てるのでござるか」

意図せず醒(さ)めた声が出た。

「敵は数こそ多けれど、その実はクマン族に顎で使われる部族の寄せ集め、烏合(うごう)の衆でございます。対して我らは一味同心。真っ向からぶつかれば、士気の差が出るものと存じます」

私はヴァジスに好感を持った。恐らくこのゴブリンの若者は、酒の席あたりで年長者の酒臭い大言壮語を鵜(う)呑(の)みにしてしまっている。私はカゲイに顔を向け、

「皆、本気でそう信じておられるのか」

無表情に問いかけた。

カゲイは困り果てた顔をして黙り込んだ。

「身を拠(よ)るべき場所なき平野の合戦は、数に大きく劣る御味方の不利は否めず。ここは地形地物を味方にするに如(し)かず」

ここまで言って、ゴブリンらの反応を探った。

「それで、勝ち目はござるのか」

一同を代弁するように、カゲイが疑わしげな声で尋(き)いてきた。

「我が指図通りに動いていただけるなら」

私は敢えて試すように言った。

「できますかな」

私は畳み掛けた。ここが切所だ。指揮系統が一本にまとまらなければ、勝てる戦も勝てない。カゲイは迷うふうであったが、やがて目を据えて、

「うむ、ゼキ殿の御差配のままに」

と言い切った。

「カゲイ、正気か」

ヒゲンが思わず声を荒らげた。

「黙れ、ヒゲン」

カゲイが短く叱声を発した。

「我らの悲願はクマンの外道どもを討ち滅ぼすこと。誇り高く死ぬことに非ず」

「むう」

一同からしきりに呻きが漏れた。が、カゲイは構わず私に振り返り、

「見苦しいものをお見せした。許されよ」

「いや、良き御料簡でござる」

「それで、我らは何をすれば」

「ではお話しいたそう」

私は改めてゴブリンたちを見回して、ゆっくりと切りだした。

「我ら、屋形の東西南北に出丸を築き、敵を迎撃いたす。出丸に詰めるのは我が兵のみ。カゲイ殿

らは、屋形の柵にて敵を禦がれたい」

「ふむ」

「それと、我が手下は全て壕を掘るのに用いねばならぬ。その間、見張りの任をそちらにお願いしたい」

「承知した」

私は続けて、

「それと、戦えぬ御妻子らは屋形に入っていただく」

「御屋形でござるか」

カゲイが怪訝な顔をした。

「こう申しては失礼ながら、御屋形に入りきれる人数ではござらぬ。それに我が一族の女子供で、戦えぬ者は一人もおり申さず」

弓を持てぬ者でも兵糧の世話に怪我人の手当て、兵具の修理など、如何様にも働けると見栄を張った。ゴブリンたちから賛同の声が上がる。

だが、私はカゲイの妻ミゼルの怯えた顔を思いだしていた。力なき女子供を戦の大鍋に投げ込むなど、私の流儀が許さない。

「否、御妻子を戦場に出すには及ばず。安全な隠れ場を用意してござる」

「それは何処でござる」

「我が屋形の地下でござる。明日の午、案内いたそう。良ければ明日よりそこで寝起きしていただく。御心配ならば皆様方も同道されて確かめられたい」

「ふむ」

不本意ながらも無理に納得したようにカゲイが答えた。

「そこには羊も入れますので」

ゴブリンの一人が手を上げた。

「馬に駱駝、驢馬は屋形裏に馬留めを用意してござる。荷車は柵に入れ、車軸を外して塞としたい。しかし」

私はそこで言葉を切り、努めて穏やかな口調で、

「敵が寄せたならば、羊は諦めていただくしかござらぬ。柵の内に数多の羊を入れる地積なく、疎開させるにも近隣にはあの群れを食ませるだけの草地はござらぬ。また、移動中に敵に捕捉される危険もござる」

「むう」

呻き声が上がった。予想以上にゴブリンたちは難色を示している。無理もない。遊牧の民である彼らにとって、家畜は貴重な財産だ。

その沈黙を、カゲイが破った。

「ええい、クマンに勝てば、あの群れ以上の宝が手に入るのだ。詰まらぬ拘泥で戦利品を取り損ねるな」

自らを励ますような大声だった。

「そうじゃ、此度の合戦は一族の正念場じゃ。羊ごときを惜しんで戦機を逃すべからず」

ヒゲンが大音を発した。それで覚悟も決まったのか、同意の声が上がった。

「これで如何でござるか」

どうだと言わんばかりに、カゲイが挑むような目をした。

「皆様の御覚悟、天晴れでござる。これで我らも心置きなく戦えるというもの」

私の返答に、カゲイが満足げに頷いた。

「それでは、私はまだやることがござる。明日の午時、大手の前にて」

私はそう言って、踵を返した。きっと、本丸の召喚門の前でクルーガが首を長くして待っているはずだ。


「すまぬ、待たせた」

私は本陣に駆け込むと、灯の傍で静かに立ち尽くしているクルーガに詫びた。

「ゴブリンどもに捕まってしもうてな」

息が切れ、思わず床几に坐り込んだ。が、クルーガは苦笑を浮かべ、

「どうせそんなところだと思っていた」

私に茶碗を差しだした。

「すまん」

私は受け取った茶碗の水をごくりと飲み込み、

「ぶっ」

不覚にも吐きだしてしまった。

「酒ではないか」

「そうだが」

不思議そうな顔で私を見た。

「落ち着き給え。そう息が上がっていては、満足に呪も唱えられまい」

ヴァンパイアがしれしれとした顔で言った。

「ああ」

言い返す気も失せて、私は大きく息を吐いた。

ようやく息も整って、私は何気なく、

「どう思う」

呟くように訊いた。

「どう、とは」

クルーガが私に振り向いた。

「この戦のことだ」

「ああ」

クルーガは初めて気づいたような顔をして、

「まあ、なんとかなるだろう。ただし」

と言い添えた。

「ただし、とは何だ」

「恐らく、討ち死にが出ることは避けられまい」

「むう」

言いにくいことをさらりと言われて、私は思わず唸った。

「先回は運が良かった」

冒険者たちとの小競り合いのことを言っているのだ。

「しかし、今度は違う。大勢が死ぬやもしれぬ」

「わかっている」

「本当にわかっているのか。殿に耐えられるか」

「指揮官たる者、兵の生死に心乱されてはならない。私は戦術精霊、もとより感情などないわ」

クルーガが黙って凝っと私を見た。突き刺すような視線。

「すまぬ、嘘だ」

耐えきれなくなった私は、とうとう白状してしまった。

「部下が死んで、心を平らかにしていられる自信がない」

一人一人の顔が脳裏を過る。

「私は迷宮主としては失格かもしれぬ」

力なく笑って、茶碗の酒を呷った。

「それでよいのだ」

クルーガがぼそりと言った。

「何だと」

クルーガが私に向き直り、

「手負い討ち死にを数字でしか計れない大将。そのような血も涙もない指揮官の下で誰が戦いたいと思うか」

「しかし、私は戦術精霊だぞ。血も涙もない精霊だ」

「感情を否定するな。軍用精霊に感情がないという話は、精霊を戦わせるために軍が仕組んだ虚言かもしれない。そう考えたことはないか」

「いや、思うてもみなかった」

「まあ、そうだろうな。君は戦う機械として作られたことになっている」

「それでは、私はどうすればいいのか。討ち死にが出るたびに涙を流し、その者を偲ぶべきなのか」

「そうだ、そうであればこそ、我らは殿の旗の下で戦える」

「それが本当ならば」

私は空の茶碗の底を見つめた。

「軍事精霊とは、理不尽な稼業だな」

「何を言っているのだ」

クルーガが目を丸くした。

「誰にとっても人生は理不尽なものだ。御存知なかったのか」

身も蓋もない言葉に私は言葉を失った。

「まあ、私はアンデッド、生ける屍だがな」

そう言って、クルーガが面白くもなさそうに喉を鳴らして笑った。私も仕方ないので遣る瀬なく笑うことにした。そうして二人して声もなく笑っていたが、

「さあ、落ち着いたところで召喚の儀を始めようか。ミュルミドンは使えるぞ」

クルーガが気張って明るく言ったので、私も仕方なく苦笑しながら床几（しょうぎ）から身を起こした。

## 第七章　不愉快な仲間たち

夜半に始まった普請の音は、日が昇っても続いた。

「まるで祭の前の日のようでござるな」

日の出とともに、ゴブリンの男衆を引き具して屋形を訪れたカゲイは、何処(どこ)か高揚感を感じさせる口振りで言った。いずれも具足に身を固め、腰刀に弓を担いだ合戦支度だ。

既にインプとゴーレムは四手に分かれ、小隊陣地の経始を終えて掘開にかかっていて、そこに具足を解いたナーガらも打ち交じって働いている。

「よう来られた」

私は屋形の大手で彼らを出迎え、両手を広げて応えた。

「屋形の警備の引継ぎを兼ねて、我らが持ち場を確かめたく、かく打ち揃(そろ)って罷(まか)り越した次第。女房どもは今荷物をまとめており申す」

「御配慮痛み入る。それでは」

私は馬鹿尺がわりに刻みを入れた杖(つえ)を持ち上げ、物見櫓(やぐら)を指し回して、

「それぞれの櫓(やぐら)に三名」

それから大手の櫓門(やぐらもん)を指し、

「大手口にも三名、配されたい。それぞれに板木(ばんぎ)を吊(つ)るしており申すが、企図が暴露せぬよう、何

かあれば伝令を走らせられよ。板木を叩くのは真に火急の折のみとお心得あれ。詳細は今配置についている我が牙兵どもがお伝え申そう」

「うむ、承知した」

カゲイが背後のゴブリンたちに振り向き、顎を振った。

予め指名していたのだろう、数人がだっと駆けだしてそれぞれの持ち場へ走っていった。

「しかし、改めて見ると、いかい大きな陣所でござるな」

大手門を潜って屋形の前庭に立ったカゲイが、感心したような顔をし、

「我ら総勢六十五名、柵に張り付くにしても、どうにも手薄は免れ難い」

せめて百はと呟くように言った。

「打ち物の衆を控えさせてござる。各々方は弓に御専念あれ」

私は玄関に向かって杖を振った。

「参れ」

それを合図に五十ばかりの異形が玄関から湧きだしてきた。夜中に召喚したばかりのミュルミドン兵たちだ。ゴブリンの間から、小さな悲鳴が上がった。

ミュルミドンは、昆虫が化けて人の形になったらこうなるだろうという外観をしている。体色は赤錆色で、硬そうな六本指の手、髪の生えていない兜のような頭に後頭部まで伸びた複眼、左右に大きく開く無機質な顎がついているせいで、蟻よりむしろ蜂のように見えた。

額からは一対の触角。ミュルミドン同士の意思の疎通は、この二本の触角から発される念話で行われる。微弱な魔力なので遠距離は無理だが、この触角のお陰で、ミュルミドンは一匹の巨大な怪

物のように戦場で正確無比な集団行動をする。

いずれも額から頬まで覆う半首（はつぶり）に脇の開いた渋柿染の袖細（そでほそ）、小振りな腹当をつけ、手足には厳（いかめ）しい鎖仕立ての籠手と脛当（すねあて）を嵌（は）めている。

ミュルミドンは私の背後に整列し、三間の長柄槍（ながえのやり）が林立して影を作った。

「これは一体」

カゲイが言葉を詰まらせた。

「カゲイ殿らと合力して柵の禦（ふせ）ぎにつく兵（つわもの）どもでござる」

私は自慢げに紹介した。しかし、

「もはや、ゼキ殿の御屋形から何が出てきても驚かぬと思うてござったが」

ミュルミドンがぎちぎち顎を鳴らすさまに、当惑したカゲイが私を見上げた。

ゴブリンたちの目に恐怖の色がありありと浮かんでいる。

私も内心困惑した。ここまで怖がられるとは誤算だった。

「いや、こう見えて、なかなかに気安い者どもでござるぞ」

私は慌てて取り成すように言った。この有り様では、リッチやスケルトン・メイジを見たらゴブリンたちは間違いなく失禁する。

「この方々は、喋（しゃべ）ることはできるのでござるか」

カゲイが不安げに訊（き）いてきた。

「お、おう、できますぞ。人語も理解でき申す。なあ」

私はミュルミドンらに手を振った。

「初めまして、我らはミュルミドン。好物は砂糖と果物です」

ミュルミドンたちから、一斉にくぐもった銅鑼のような声が湧いた。ミュルミドンは体側に排気孔を持ち、発声もこの器官で行う。

この口上は、昨夜、場を和ませるためにクルーガと二人して必死で考え抜いたものだ。が、どうやら逆効果だったらしい。ゴブリンらは明らかに引いている。

「この者ども、御手前方と並んで柵の内側に立ち、共に戦う輩でござるぞ。そのような顔をなさらず、笑われよ、さあ」

私はゴブリンらに懸命に声をかけた。

「さあ、さあ」

私の声に励まされ、ゴブリンたちが貼り付けたような微妙な笑顔を浮かべた。

「さあ、声を上げて」

私の声に、

「は、はは」

カゲイが乾いた笑い声を絞りだし、つられてゴブリンらも力なく笑いだした。

「さあ、丹田に力を込めて笑いなされ」

私も必死だ。道化のように手を振り、声を張り上げた。

やっと腹を括ったのか、やけになったのか、ゴブリンらが怒りの形相で、大声で笑い声を上げ始めた。

ミュルミドンたちもがりがり顎を擦り合わせだした。

屋形の前庭で、便所火事（やけくそ）の笑い声が木霊（こだま）した。

「殿」

やっと人心地ついたと胸を撫（な）で下（お）ろしたのを見計らったのだろう。モラスがゆらりと巨体を滑らせるように近づいてきた。

痩身半裸で十尺の巨人が、全身に印（しる）された魔法眼を蠕動（ぜんどう）させながらにこやかに微笑（ほほえ）み、ゴブリンたちに軽く一礼した。

ゴブリンたちの笑い声が萎（しお）れるように消えていく。が、もうゴブリンから恐怖の色は消えていた。ただ呆然（ぼうぜん）と見上げるばかり。もう怯（おび）えることに疲れてしまったようだ。モラスは不気味な笑顔で彼らに会釈し、それから私に顔を寄せ、

「あの、少々、曲事（くせごと）が出来（しゅったい）いたしました」

囁（ささや）くような声で告げ、ゴブリンらを横目でちらと見やった。どうやら遠慮しているらしい。

「構わぬ、ここで述べよ。カゲイ殿らは御味方である。何を憚（はばか）ることがあろうか」

「それでは」

モラスは頭を上げ、皆に聞こえるように、

「彼我不明の三騎、北西より近づいておりまする」

「距離は」

「凡（およ）そ二里半、常歩（なみあし）でこちらへ真（ま）っ直（す）ぐ」

「前に出ているシャドウ・デーモンらはなんと申しておる」

「はい。いずれもゴブリン、その立ち振る舞い、旅商人にも巡礼にも見えずと」

「ふむ、では、敵の物見であろうな」

予想よりかなり早い。

「何、物見ですと」

カゲイが口を挟んできた。

「まことでござるか、あ、その」

口籠もるカゲイに、モラスは飛び切りの笑顔を浮かべ、

「モラスと申します。ゴブリンの族長殿」

「この者は、家中で一番の遠見の達者でござってな」

私はすかさず言い添えた。

「お、おう、モラス殿、それがしはカゲイと申す。ところで物見とやら、まことのことでござるか」

「はい。まず間違いなく物見かと」

「むむ」

ゴブリンたちの間に動揺が走った。

「やはり、クマンの者ども、ここを襲う気でござるな」

私は確かめるように呟いた。

「如何なさいまするか」

モラスが訊いた。

「うむ」

私は腕を組んだ。シャドウ・デーモンに哨戒線を張らせてはいるが、彼らに伏撃させるには頭数が足りない。追い払うには機動力が要る。

「物見されることは覚悟していたが、普請の詳細を知られるのはいかにもまずい」

「ゼキ殿」

カゲイが肩をそびやかした。

「何か」

「その物見の始末、我らにお任せあれ」

「おお」

私は大袈裟に驚いてみせたが、もとより物見の対処は彼らに頼む積りだった。

「やっていただけるか、カゲイ殿」

「追い払うのみでよろしうござるか」

「然り。くれぐれも深追いして怪我などなさらぬよう。敵が大勢なれば、速やかに退かれたい。今は一兵も惜しうござる故に」

「承ったぞ、ゼキ殿」

勢い込んだカゲイは、見得を切るように振り向いて、

「ヒゲン、十名連れて追い払うて参れ。ただし、決して深追いするべからず」

「承知」

膝に手を当てたヒゲンが大声で応え、十名を選んで跳ねるように駆けだした。

私はその後姿を見送りながら、

「いや、頼もしい限りでござるな。これからも頼みにいたす」

「いや、これくらいは当然にござる。御屋形の警備はお任せあれ」

カゲイは嬉しそうに顔を崩し、照れたようにどんと腹巻の胴を叩いた。


私は忙しい。柵際の守りの打ち合わせをゴブリンとミュルミドンに任せると、私は三の丸まで下りて松明を手にヤマタの洞に入った。

「来たか。我が主よ」

黒龍が、小山のような蜷局の中から巨きな頭を私に差し伸べた。蜷局の脇に、酒の大桶がひとつ置かれている。

「うむ」

私は、悪臭に思わず咳き込みそうになるのをなんとか堪え、何事もない振りをして答えた。

「また、何やら騒がしそうであるが」

「近いうちにもっと騒がしくなる」

「ふむ、戦か」

「ああ、匿うたゴブリンどもが仇持ちでな、ここまで攻め寄せてくるという」

「やれやれ、浮世の因縁とは逃れ難きもの」

「そういうわけだ。それを伝えに参った」

ふいにヤマタが首を揺らし、黒龍の鱗が重々しく鳴動した。笑ったのだ。

「どうした、何がおかしい」

「いや、これは無礼をした。許されい」

口吻から二股の舌をすっと出し、

「そのような者ども、捨て置いておればよいものの、我が主は義理堅いものよと思うたまで」

「そう申すな。あれでも今のところ、この辺りで唯一の友好住民だ。あれらを失うのは痛い」

「それだけではなかろう。我が主は優しすぎると皆も申しておるわ」

「何だと。他の者もここに参っておるのか」

「うむ、酒を運んでくれるインプ、それにほれ、ギランは三日と置かずに光の珠を見せに参るし、あのテラーニャなる上臈にバイラというミノタウロス、それにヴァンパイアやリッチども、ナーガにラミア」

数えるように挙げていく。

「皆、わざわざ我が庵に参り、物語などしてくれておる」

知らなかった。鍵こそかけていないものの、皆がそこまで通っているとは。

「ラミアらなどはわざわざ手料理を作り、我が舌にのせに参るのだ」

この図体では食った気にもならぬのに、と嬉しそうに言う。

「どのような話をしておるのか」

「益体もない世話噺よ。ああ、あのクルーガなるヴァンパイアは、我がまだ空を飛んでおった頃の話などを根掘り葉掘り訊いてくる。そのような昔のことなど、もうすっかり忘れておるというのに、全く困ったことよ。お陰で惰眠を貪る暇もないわい」

だが、その口振りは何処か楽しそうだった。

「そうか」

部下の愚痴など訊きだしても詮のないことと、私はこれ以上問うのを止めようとしたが、黒龍は止まらない。

「そうそう、テラ女のことよ」

「むむ、テラーニャが如何した」

私は思わず身構えた。

「先日のことだ。女子の胸は巨きいほうが男は喜ぶのかなどと尋かれてな」

「はあ」

私は思わず脱力して松明を取り落としかけた。

「龍に乳などないというのに。我よりもっと他に相談すべき相手があろう」

「はは」

私は思わず乾いた笑い声を上げた。

「笑いごとではないぞ、我が主よ。これでもこの身は天軍を向こうに回して地を這い、天翔けて争うた悪龍なるぞ。それが、女の乳の寸法に頭を悩ますなど」

度し難し、と言いながら酒桶に舌を漬けた。

「そうか、それはすまぬことをしたな」

「これというのも、全ての責は我が主にあるのだ」

舌を口中に収めて、数珠玉の目を私に向けた。

「何を烏滸なことを」

私は憮然として答えた。

「いいや、我が主が悪し。あのアラクネを、さっさとものにせぬ故よ」

「え、あの、それは」

余りのことに私は混乱した。

「何故、さっさと抱いてやらぬのだ」

「何を申すか。あれはただの副官である。抱くなど沙汰の限り」

「ふん、互いの態度を見れば、一目瞭然」

自信ありげに断言するので、私は取り乱した。顔面が熱を帯びるのが自分でもわかった。

「なあ、我が主よ。察してくれい。このヤマタが色恋事の指南など、我ながら情けない」

だが、言葉とは裏腹に、この黒龍は明らかに面白がっている。

「うむ、まあ、いずれなんとかしよう」

私は誤魔化すように取り繕い、ぱんと顔面を叩くと、

「それでは、まだ戦支度が残っておるので私は行くぞ」

私はできるだけ堂々と振り返り、歩きだした。私の背中に、

「頼んだぞ。よう料簡されよ、我が主よ」

ヤマタの声が飛んできた。何も頼まれていない。私は心中で念じた。うん、何も頼まれてはいないはずだ。

屋形の玄関前で、私はテラーニャと二人、中天の日差しを浴びながら立ち尽くしていた。周囲で

は普請の音が響き渡り、私たちだけが隔絶されたように静寂の中に取り残されていた。

「来ないな」

私はぼそりと呟いた。

「やはり、無理を申したかな。地下に移れなど、無体であったか」

私は太陽を見上げた。

ゴブリンの男どもはともかく、女たちの中には異形の部下たちに恐怖を露にする者も少なくない。だからといって放っておくわけにもいくまい。彼女らの安全を図らねば、たちまちカゲイらは離反するだろう。

次善の策を考えねば、と私は長い嘆息を漏らした。

「さて、如何いたそうか」

何気なくテラーニャに話しかけたそのとき、

「殿様、あれを」

テラーニャが指さす先を見ると、大手門を抜けて、ゴブリンたちが静かにこちらへ向かって歩いてくるのが見えた。私はゴブリンらを眺めてほっと胸を撫で下ろし、自然と顔が微笑んだ。が、すぐにその笑顔は凍りついた。

ゴブリンの女たちは、皆一様にやつれて引き攣った表情を浮かべている。いずれも子供の手を引き、大きな荷物か赤ん坊を運んでいる。羊や持てない荷物を置き去りにし、大急ぎで人生の残骸を掻き集めてきたのだ。陰気で殺伐とした空気の中、ゴブリンの女たちはこちらに向けて足を動かしていた。彼女らが私に向ける視線が痛い。部族を戦に巻き込む悪党に見えているのだ。

その群れを割るように、カゲイが数人の男衆を連れて姿を見せた。

「ゼキ殿」

カゲイが手を振り、大声をかけてきた。

「遅れて申し訳ない。女どもに言い聞かせるのに刻がかかり申したわ」

わざと明るく振る舞っているのが痛いほど感じられた。

「無理を強いてしもうたかな」

「何の、気になさるな。他に途などござらぬのだ」

その後ろでは、ハマヌが蒼ざめるメイミの手を握り、小声で励ましている。

非常に気まずい。

ゴブリンの女たちが、恨みと恐怖を込めた眼で私を見ている。気の利いた言葉も見つからなかったので、私は素知らぬ顔でカゲイに向かい、

「ところで、羊はいかにされた」

カゲイも難しい顔で、

「追い散らすわけにもいかず、犬どもに番させてござる。クマンの輩どもが寄せてきたならば、犬はすぐに柵の内に呼び戻し申そう」

戦になれば羊は逃げ散るだろうが、どうせここに戻ってくる。他に草を食む場所とてないのだから、と自分に言い聞かせるように呟いた。

頃合いを見て、テラーニャが女たちに声をかけた。

「中へ案内いたします。足許は暗うございます。お気をつけて」

そう言って、先頭に立って歩き始めた。

だが、女房たちの足は遅い。最後尾が仮設の避難所に着くのに一時間もかかった。もともと二の丸の奥に掘った武者溜りであるが、篝火が焚かれ、地下とは思えぬほど明るい。女たちは緩慢な動作でめいめいに場所を選び始めた。

私はゴブリンの男衆に向かい、

「奥の木戸は決して通らぬよう、よく申しつけられたい」

と告げた。その木戸を進めば屍者の坑がある。流石にゴブリンたちに知られるわけにはいかない。今も龍牙兵が二名、立ち番をしている。

「たいしたものでござるな」

荷を降ろす女房らを眺めながら、カゲイが話しかけてきた。

「まさか、御屋形の下にこれほどの虚があるとは、思いも至らなんだ」

ただの遁世者ではないと思っていたが、と険しい目で私を見た。

「さて」

私はわざとらしく惚けてみせた。

「この地で何を企んでおられる」

カゲイが探るような目で私を睨んだ。

「はて、何のことでござろうか」

「それがしもかつては王国軍に陣借りして魔王軍と干戈を交え、戦場の水を啜って参った身でござる。ここはまるで」

そこで声を落とし、

「魔王軍の地下陣地のようでござるな」

ゴブリンは夜目が利き、矮軀（わいく）故に地下迷宮での戦闘に向くとされ、迷宮戦で先鋒（せんぽう）を務めることも珍しくない。このゴブリンも、何処（どこ）かの迷宮に打ち入って辛酸を舐（な）めた手合いなのかもしれない。

「さて」

もう一度、惚（とぼ）けてみたが、誤魔化しきれないのは明らかだった。

「カゲイ殿の申す通りならば、如何（いかが）されるお積りかな」

私の言葉に、カゲイは些（いささ）かむっとしたのか、

「仮にゼキ殿が魔王軍の一手の者ならば、何故にこんな場所に陣を張られた」

問い詰めるように訊（き）いてきた。

「仮に私が魔王軍の者だとして」

私は慎重に言葉を選びながら、

「どうされるお積りかな。我らはカゲイ殿らヌバキの衆に御味方して、クマン族と戦わんと戦支度してござる。それで十分ではござらぬか」

「しかし」

カゲイが口籠もった。私は宥（なだ）めるように笑い顔を作り、

「はは、私は祖国に居場所を失い、ようよう逃げ落ちて参った者でござる。用心のため、棲処（すみか）に細工するのは当然でござろうや」

「それでもこれだけの御家来衆を擁しておられるとは。御国ではかなりの地位におられたのではあるまいか」

「それは追い追いお話しすることもあろう」

「むう」

納得しきれていない顔でカゲイは呻いた。

と、突然、避難所にゴブリンの女たちの悲鳴が響き渡った。

「何事か」

私は思わず声を荒らげた。

「殿様、あれを」

テラーニャが溜りの奥を指さし、引き攣った顔を向けた。

「何だ」

と目をやった私は、唖然の余り、危うく口から胃の腑がこぼれそうになった。

サイアスを先頭に、僧衣の上に腹当をつけた二十ばかりの骸骨の列が木戸を抜け、あろうことか音もなくこちらへ進んできている。

「何をやっておるのだ」

食い縛った歯が砕けるかと思った。サイアスには、坑から地表に出るときは、他の交通壕を使えと申し伝えてあったはず。

女子供の阿鼻叫喚の声が壁に天井に反響する。その中で、アンデッドらがふいに足を止めた。

腰を抜かしたゴブリンの老女が、行く手を塞ぐように坐り込み、一心に合掌している。

「いかん」

カゲイが刀の柄に手をかけて、駆けだそうとするのを、

「お待ちあれ」

私は慌てて止めた。

「ゼキ殿、何を」

「落ち着かれよ。あれは敵に非ず」

サイアスが、静かに虚無なる眼窩を老婆に向けている。そこに、まだ若いゴブリンの娘が飛びだしてきて、老婆の前で両手を広げて立ちはだかった。女たちが悲鳴を呑み込んで息を詰めた。

「お許しを。お婆を連れていかないで」

サイアスは、ほんの僅かに顎を傾けていたが、ふいに納得したように頷き、

「ゴブリンの娘子よ、我は死神に非ず」

舌のない口でぽつりと告げた。それから女の背後の老婆に向けて、

「媼殿よ、今暫く苦界を流離うがいい。それでこそ、いずれ潜る浄土の門は甘美なるものになろう」

「そ、それでは」

老婆が歯も抜けた震える口で、

「あなた様は、どうしてそのような浅ましげな姿で永らえておられるのか」

「お婆、駄目っ」

サイアスは、慌てて老婆を叱る娘を手振りで制し、

「うむ。媼よ、こう考えられよ」

髑髏の顔を寄せ、人差し指の骨を立てて、

「ちと、忘れ物をしたと」

そして、己の答えが気に入ったのか、小首を傾げてがちがち音を立てて顎を鳴らした。笑っているのだが、そのようなことをゴブリンたちがわかるわけがない。ゴブリンの娘が恐怖に眼の焦点を失い、膝から崩れ落ちた。

抱き合い半ば失神しているゴブリンの老女と娘の傍を、リッチとスケルトン・メイジの列はまるで路傍の石でも避けるように通り過ぎ、私の前で停まった。

「これより実地に検分して参る」

そして、血の気の失せたカゲイを認め、

「ヌバキの長殿でござるな。案ずるに及ばず。存分に働いて御覧にいれよう」

カゲイの蒼ざめた顔を戦への不安と勘違いしたのか、彼を励ますように、またかちかち顎を鳴らした。その背後で、リッチとメイジらも一斉に顎を鳴らす。

更にカゲイの顔が恐怖で歪む。私は、緑肌のゴブリンの顔がここまで青くなれるのだと感心した。が、そうもいっていられない。

「もうよい」

私の声で、アンデッドたちが笑うのを止めた。

「この溜りは通るなと申しつけたはずだ」

「そうだったか、それは申し訳ないことを。どうも物忘れが激しうて」

本当に悪いと思っているのか、こいつらは。私は訝(いぶか)しんだが、髑髏(どくろ)なのでその真意を読み取ることもできない。

「もうよい、行って参れ」

「うむ、それでは」

そう言って、サイアスらは音もなく立ち去った。

「あれも」

カゲイがやっと口を開いた。

「あのアンデッドどもも、御家中でござるか」

消え入りそうな声で言った。

「ああ、その通りでござる。ああ見えて、気のいい者どもでな」

自分で言っておきながら、私は何故(なぜ)か虚(むな)しいものを感じた。


翌朝、私は屋形の北に位置する小隊陣地に足を運び、搔(か)き上(あ)げた堆土(たいど)の上から普請を指図するバイラに声をかけた。

「どうだ」

「おお、殿」

バイラが穴の底から斜面の半ばまで登ってきて、

「今丁度、掩体(えんたい)の経始に入るところでござる」

「よし、見よう」

テラーニャに上で待つように言うと、私は斜面に足をかけて穴の底へ滑り落ちるように向かった。穴の底では、杭と縄を手にした三名のナーガ兵がインプ二名とともに、経始の縄張りをしている最中だった。

私は呆れ顔で底から空を見上げた。群青に染まった空がやけに高い。

「これはまた、掘りに掘ったな」

「地表まで八十尺、凡そ二十尺ごとに遮板を三層に載せまする」

今、ゴーレムどもが工房まで資材を取りに、と自慢げに告げた。

「しかし、これは少し深すぎるのではないか。これでは」

超々重掩蓋規格だ。間に合うのかと私は問うた。

「何の、昼には埋戻しを始め、明日の夜明けまでには概成いたそう」

併せて塹壕も掘り進め、明後日の朝には、

「使い物になり申すわ」

と自慢げに答えた。

「まあ、お主がそう申すなら」

「心配御無用にござる」

私の不安など何処吹く風でバイラは笑い、

「さて、それがしは他の陣地も指図せねばならぬ故」

ナーガたちに目配せして、斜面に足をかけたので、

「うむ、私も参ろう」

私もバイラの後に続いて斜面を登った。


息絶え絶えに登りきり、懸命に息を整えているところに、

「殿様」

テラーニャが傍(そば)に立って、そっと声をかけてきた。

「カゲイ殿が」

眩暈(めまい)を堪えて目を上げると、屋形のほうから、カゲイがアルゴスのモラスに伴われ、こちらへ手を振りながら歩いてくる。

「バイラ、すまぬ。カゲイ殿は話があるようだ」

私はミノタウロスに声をかけると、

「なんの、お任せあれ」

とバイラは肩を揺すって、歩き去っていった。


「ゼキ殿や。普請の御検分でござるか」

三段の鉢金を締めたカゲイが、にこやかな顔で私を見上げた。

「これはカゲイ殿」

胸が張る苦しみを抑えつけて、私はできるだけ平静な口調で応じた。

私は汗を拭いながら屋形に目を転じて、

「女房衆には礼を申さねばならぬ。よう働いてもろうている」

ゴブリンの女たちが曲げ物を手に、兵たちに屯食（とんじき）を配っている。

地下に留めおいては気も塞がるばかり。それに、立ち働いておれば不安も紛れましょう、とテラーニャの提案で、今朝から彼女たちに炊（かしき）を手伝ってもらっていた。他に、裁縫の得意な女たちが屋形の一角で合印を縫っている。

「なんの、あれしきのこと、当然でござるわ」

カゲイが得意げに胸を張った。

「我が一族の女どもで、戦陣の作法を知らぬ者など一人もおり申さぬ」

それはそれでどうであろうか、と私は思った。

「それよりも」

ふいにカゲイが思い詰めた顔をした。

「今朝も敵の物見が出没しておる。今もハマヌが押しだしており申すが」

「ふむ」

私はモラスを見上げた。

「そうなのか」

モラスが上体を折り曲げ、

「は、夜半より少なくとも五組、隙を見ては近寄ってきて、こちらの姿を見れば引き退くを繰り返しており申す」

「いやはや、モラス殿の遠見はたいしたものよ。指図通りに馬を駆けさせれば、必ず敵の物見に行き当たる」

カゲイが高々と笑ってモラスを見上げ、モラスも照れ笑いを浮かべた。どうやら、昨日から共に働いてすっかり馴染んだようだ。

「その都度追い払うているが、敵も寄せては引くを繰り返し、忙しうてならん」

草臥れたような口調で言った。

「どうやら、我らの反応を試しておる模様」

モラスがそっと付け足した。

「ふむ」

私は腕を組んだ。敵の物見の動きが活発すぎる。

「如何であろう。試しに一組討ち止めてみるか」

カゲイが訊いてきた。物見の相手をするのに倦いてきたのだろう。

私は再びモラスに顔を向け、

「どう見る」

モラスは戸惑った顔をしたが、

「物見の他に敵影は認められず。カゲイ殿の申されるのも一理あるかと」

「むう」

私は考え込んだ。小競り合いとはいえ、緒戦に勝利すれば味方の士気も上がる。それに、カゲイの申し出を無下にして機嫌を損ねるのもまずい。

やってみるかと思いかけて、思わず踏み止まった。

「いや、未だ時期尚早。今暫くお待ちあれ」

私はできるだけ穏やかに告げた。

「我らを誘っておるやにしれず。それに、小戦（しょうせん）から思わぬ大戦（おおいくさ）になることもござろう」

「しかし」

反論しようとするカゲイを押（お）し止（とど）めて私は続けた。

「御覧の通り、未（いま）だ我が陣は普請中。万全の備えが成るまで待たれよ」

「それは何時のことでござるや」

「明後日（あさって）の朝、その後ならば、如何様（いかよう）にも」

「むう」

今度はカゲイが黙り込んだ。

「カゲイ殿」

モラスが腰を屈（かが）めて心配そうにカゲイの顔を覗（のぞ）き込（こ）んだ。

やがて、カゲイは両手でぱんと顔を叩（たた）き、

「あいわかった。ここはゼキ殿の申される通りに」

さばさばした顔で答え、

「いや、詮なきことを申してゼキ殿を悩ませてしもうた。許されよ」

からからと笑って、屋形のほうへ歩き去っていった。

「モラスよ」

私はモラスを呼び止め、

「よいか、敵の大物見が寄せてきたらカゲイには告げるな。すぐ私に報（しら）せよ」

声を低めて言った。

「それは」

モラスが言葉を詰まらせた。

「逸(はや)って突出し、大勢に囲まれて討ち取られる話は枚挙に暇がないという。よいか、ゴブリンども一人たりとも徒死(むだじ)にさせるべからず」

「承知いたしました」

納得したように、モラスが真面目(しんめんもく)な顔をした。

「うむ、ならば行けい」

モラスが何度も振り返りながらカゲイの後を追うのを眺めながら、

「やれやれ、これでよかったのか」

私は思わず独りごちた。

「ええ、主様の思うた通りに」

突然の声に私は思わず振り向いた。

テラーニャが微笑(ほほえ)みを湛(たた)えて佇(たたず)んでいる。

「聞こえたか」

傍(そば)にいて聞こえたかもないものだが、私はテラーニャに訊(き)いた。

「あい」

「むう、落々(おちおち)独り言もできぬな」

「いいえ」

テラーニャの言葉に私は思わず目を剝いた。が、テラーニャは動ぜず、

「何事も自分ひとりで抱え込んでは、気鬱の因と申します。何事も皆にお話しくださいますよう」

落ち着いた声で淀みなく言い、

「特に妾に」

と笑顔のまま抜け抜けと言い添えた。

「あ、はい」

私はそう答えるしかなかった。

# 第八章　咆哮(ほうこう)する牛

　次の日も、敵の物見はカゲイらゴブリンたちを悩ませていたが、夕暮れになって、それもぱたりと止(や)んだ。モラスに遠見させても見つからない。煙のように消え失(う)せていて、ジニウにも尋ねたが、やはり見当たらないという。

「敵(かたき)ども、諦めて逃げ去ったのではござらぬか」

　指揮所に詰めたバルグが呟(つぶや)くように言ったが、誰も賛同しなかった。バルグ自身、信じていない口振りだった。

「物見を収容して、攻め口を探っておるのでござろうな」

　面具の表面を撫(な)でながらバイラがさも当然のように言った。

「ならば、夜襲をかけてくるか」

　私は誰に問うとでもなく訊(き)いてみた。

　敵の主力はゴブリンの騎兵だ。シャドウ・デーモンの哨戒(しょうかい)線を一気に抜けて攻め寄せてきても不思議ではない。

「まさか」

　せせら笑うようにバイラが言う。

「カゲイ殿によれば、敵は数こそ多けれど、諸族の寄せ集めであるという」

そこで、ちらりと横目でカゲイを見た。視線に気づいたカゲイが頷いた。

「そのような烏合が初めての地で、夜に総懸かりで攻め寄せるなど」

自殺行為でござる、と鼻を鳴らした。

「そもそも大軍で夜襲など軍談の戯言。うまくいかぬが当然でござる。むしろ夜討ちしてもろうたほうが有難し、と碗の白湯をぐびりと飲み込んだ。

その後ろで、控えていたナーガ兵たちが具足を叩いて賛意を示した。

「では、明日か」

「早ければ、後半夜に兵を進め、払暁とともに寄せて参りましょうなあ」

このミノタウロスは、こういうときはまるで他人事のように言う。

決断を迫られた私は、意見を求めるように皆を見回した。

クルーガは相変わらず皮肉めいた笑みを浮かべて黙り込み、ゴブリンたちは皆口を固く引き絞っている。ギランは面白くもなさそうな顔で干し肉を齧り、サイアスは骸骨なので表情も読めない。

私の視線に気づいたテラーニャが小さく、しかしはっきりと頷いた。

「よし」

私は自分を鼓舞するように膝を叩いた。

「各々、明日未明までに、手筈通り持ち場につけ」

指揮所の空気が緊張した。

「いかなることがあろうとも、他の持ち場を侵すべからず。故なく下がるべからず。また、柵より出ることも許さぬ。堀まで出てよいのは打ち物の者のみ、良いか」

「心得た」

「ならば、見張りを除き、皆に腹一杯喰わせ、仮眠を取らせよ。ただし、酒はならぬぞ」

小さく笑い声が上がった。が、私は敢えて無視して、

「良いか」

と肩を傾けて一同を睨め回した。

「応」

指揮所に野太い声が響いた。

皆が慌ただしく席を立ち、足音も勇ましく指揮所を出ていくと、一人残された私も眠ろうと楯の上に横たわった。

もとより食欲もなく、戦への不安と恐怖で目を閉じることもできない。

(勝てるのか)

三百に満たぬ少勢だ。敵は少なくとも倍以上、しかも騎兵だ。

無謀だったかもしれない。私は勝ち目のない戦に皆を引きずり込んだのか。

自分への苛立ちが募り、私は寝床にした楯を拳で打った。自分でも驚くほど大きな音がした。

「主様」

合図と思ったのか、テラーニャの声がした。

「テラーニャか」

「あい」

床板を軋ませながら、テラーニャが入ってきた。

「呼んでおらぬ。いや」

そこで声が凍りついた。戸口に立っているのは、いつもの女人(にょにん)の姿のテラーニャではなかった。

そこにいるのは灯明に朧(おぼろ)に照らされた巨大な蜘蛛(くも)だ。

伸ばせば十尺はありそうな脚、釣鐘のような腹部、頭部からテラーニャの上半身が生えている。

首から下の全身が鈍く光っているのは、吐いた糸を巻いているからだと知れた。

アラクネが蜘蛛(くも)の化身であることは当然知っていた。しかし、これほどとは。

「テラーニャよ、その姿は」

私は呆(ほう)けたような顔で言った。不覚にも声が擦(かす)れた。

テラーニャは自分の姿を見下ろし、

「妾の戦形(いくさなり)でございます」

そこで私の視線に気づいて、悲しげに眼(め)を伏せた。

「やはり、恐ろしう見えまするか」

恥じ入るような小さい声。私はやっと気を取り直し、声を絞りだした。

「いや、美しい」

「え」

「美しいと申した」

「まあ」

とテラーニャが両手を口に当て、

「主様は恐ろしう思い召されませぬのか」

「何故、そう思わねばならぬ」

彼女が何を言っているのか理解できなかった。

テラーニャの眼がきらりと光った。それが泪と知って私は慌てた。

「どうした、何か気に障ることでもしたか」

「いえ」

それだけ言って、恥ずかしそうに顔を覆い、俯いてしまった。

「おい、如何した」

それでも、彼女はいやいやするように顔を振るばかりで、答えようとしない。

「すまぬことをしたな。許せ」

何を許せというのか、自分でもよくわからぬまま、私は詫び言を並べた。

「ほら、こうして謝っておるではないか、面を上げてくれい」

私は途方に暮れた。誰かに見られたら一大事だ。

私はテラーニャの泣き腫れた眼を見て、

「と、兎に角、外の様子を見てくる」

逃げるように廊下を進んで表に出た。

玄関の篝火の傍で、私を待っていたかのように人影が佇んでいる。

近寄るまでもない。バイラだ。八尺の金撮棒に凭れかかり、立ちながら眠りこけている。こいつはこういう器用な真似をする。

土間に足を降ろしたところで、バイラは耳をぴくと動かして振り向いた。

「やや、これは殿、お寝みになられておられなんだか」

「うむ、気が昂ぶってしもうてな」

「それがしも同様でござるわ」

寝つけず、こうして屋形の見張りにと言ってごきんと首を鳴らした。

「嘘を言いやる。鼾をかいておったくせに」

「むう、それは不覚」

鼻を鳴らして照れたように小さく笑うので、私もつられて笑みがこぼれた。

「来るかな」

「敵でござるか」

「うむ」

「まず間違いなく」

私は框に尻を落とした。バイラが隣にやってきて並んで坐る。

それから二人して無言で闇を睨んだ。二人ともまるで石像のように動かなかった。暫くして、

「そうか、来るのか」

私はぼそりと呟いた。バイラが私を見下ろし、

「如何なされた」

「うむ、失敗ったのではないかと思うたのだ」

「はて」

「クマンの奴輩とも話せば、戦を避けられたのではなかろうか」

「無理でござろうな」

即座にバイラはきっぱりと言い切った。

「いや、殿を小馬鹿にしようというわけではござらぬ」

巨きな上体を丸く屈め、

「ヌバキとクマンは、互いに身内を討たれた仇同士、血を見ず矛を収めるなど」

そこまで言って言葉を切った。

「うむ、その通りだ。詮のないことを言うてしもうた。忘れてくれい」

「なんの、誰でも一度は考えることでござる。それがしも」

言いかけて口を閉じ、ぶるんと鼻を鳴らして大きく欠伸をくれた。

「殿様」

そのとき、奥から大蜘蛛姿のテラーニャが現れた。

「おお、これはまた凛々しげな」

バイラの言葉にテラーニャが力なく微笑んだ。私はバイラに構わず、

「どうした」

尋くと、テラーニャは余所々々しく眼を伏せ、

「ジニウ殿が戻りました」

「うむ、会おう」

答えた途端、視界の隅でそっと影が起き上がった。

「ジニウか」

もう不意を衝かれて驚く余裕もない。

「は」

影が私の前に膝をつき、

「北より人馬の群れがこちらへ向こうてござる。夜明けにはここへ達するかと」

「数は」

「凡そ千余り。全て騎乗」

「多いな」

思っていた以上の大勢に私は呻いた。

「モラスには伝えたか」

「既に承知してござった」

「ふむ」

「皆を起こしまするか」

テラーニャが口を挟んできた。

「いや、予定通りでよい。無駄に疲れさせるな」

「あい」

「数はともかく、動きは見立て通りでござるな」

バイラがぼそりと言った。

「ああ」

「それでは、未明までに手筈通りに」

「うむ」

「ジニウよ」

私はシャドウ・デーモンに声をかけた。

「手許にデーモンは何名いる」

「それがしを入れて、屋形の周囲に三名」

「うむ、わ主らに頼みがある」

「如何様にも」


ジニウを解き放つのを待ちかねていたように、テラーニャが鎧櫃を抱えて傍に寄ってきた。

「殿様、具足を召されませ」

「うむ」

私は鉄小札の腹巻を引きだして素早く腕を通し、高紐を締めた。

身を屈めて袖をつけるテラーニャに向かって礼を述べようとしたが、目尻に残る腫れを見つけて言葉を呑んだ。ふいに視線が合ったテラーニャが微かに柔らかく笑う。私は言うべき言葉も探せなかったので、取り敢えず笑顔を返した。

「殿様、烏帽子を」

「いや、無用だ。兜を」

受け取った筋兜と喉輪付きの面具を板間に置くと、私は杖を立てて框に腰掛けた。

その頃になると、主だった者たちが次第に玄関口に集まってきた。

最初に入ってきたのはゴブリンたちだった。カゲイが、繋ぎの横木を搊ること搊ること

「馬どもが猛っておる。早や合戦の気を感じたか、

何本も食い折られてしもうた、と苦笑った。

「気負いすぎるのも考えものでござる」

私は苦い顔をしてみせた。

「何の、陣中で暴れぬよう躾けてござる」

答えながら、何処から取りだしたか、瓜の漬物をばりばり音を立てて搊った。

続いてクルーガがヴァンパイアらを連れて、音もなく傍に立つと、

「ザラマンダーに龍牙兵、ラミアも持ち場についた。インプらも迷宮のそれぞれの持ち場に」

「うむ、ゴブリンの女房衆はどうだ」

「二の丸の溜りで大人しく固まっている」

「龍牙兵どもに、女子供を騒がせぬよう、しかと申し伝えよ」

戦場の異常な心理状態では、予期せぬ事故が当たり前のように起こる。

「無論のこと、既に言い聞かせている」

ヴァンパイアは、当然だと言わんばかりに口端を歪めた。

最後に、リッチとスケルトン・メイジ、それにゴーレムらが前庭に入ってきた。その中から、腹当をつけたサイアスがふわりと近寄ってきて、

「そろそろだな」

と私を見下ろして言った。

「うむ、しかと頼んだぞ」

「当面は前庭に陣取る。それと」

「何だ」

「下知に従い、アルゴスと合流したいのだが」

「モラスはまだ北の櫓（やぐら）で見張りしておる。テラーニャ、呼んできてくれ」

「あい」

巨体とは思えぬ軽やかな動きで、テラーニャが外へ向かおうとしたとき、

「御免」

モラスが長身を傾け、戸の上枠を気にしながら入ってきた。

「殿様」

「おお、今、呼びにやろうと」

私の言葉を遮るように、モラスが膝をつき、

「敵が続々と布陣しており申す」

一同がはっとしたように息を呑（の）んだ。

「場所は」

「屋形の北西、一小隊と四小隊の陣地前縁を結ぶ線から凡（およ）そ三丁の位置に楯（たて）を並べ始めております」

「近い」

誰かが低く呻（うめ）いた。

「北西となれば、やはり敵は大手狙いか」

北の一小隊陣地は大手門に最も近い。一小隊陣地を攻め落とし、そこを支踏(しとう)に大手に攻め寄せるのだろう。

「否、まだ早計でござるぞ。敵は騎馬軍、攻め口など如何様(いかよう)にも変化でき申す」

バイラが、まるで知恵を出そうとするかのように、八尺の金撮棒(かなさいぼう)で面具を軽く何度も叩(たた)いた。その音は私を苛立(いらだ)たせた。

「ふむ、では、東の二小隊と南の三小隊はまだ動かさぬほうが良(い)いか」

「それが御分別でござろう」


やがて、星の光が弱まってきた。東の空が明るくなる兆候だ。

「大手脇の監視壕(ごう)に参る」

私はそう言って面具をつけ、兜(かぶと)を被(かぶ)ると、緒を締めながら外へ出た。

既にゴブリンとミュルミドンが土塁の陰に陣取っている。こうして改めて見ると、屋形の防御施設はどうにも貧弱だが、私たちは他に何も持っていない。

敵はもう意図を隠そうともしていない。馬の嘶(いなな)きや金物(かなもの)の鳴る音がここまで聞こえてくる。

私は大変な恐怖を予期していたが、その恐怖を感じなかった。神経が擦り減って麻痺(まひ)しているのだろう。だが、このような様子だったのは私だけで、ヌバキ族の戦士たちは隠そうと懸命になっているにもかかわらず、酷(ひど)く怯(おび)えて見えた。

ゴブリンらの背後には、長柄槍(ながえのやり)を寝かせたミュルミドンたちが広く間隔を空けて列を作っていた。触角を僅かに動かす以外は微動だにしない。

監視壕は狭い。中は一畳ほどしかないので、私とカゲイ、クルーガの三名でもう満員だ。残りは壕の入り口に突っ立って聞き耳を立てている。

壕は大楯で蓋をしているせいで、中はまだ暗闇に近い。一寸ほどの溝のような覗き穴に目を寄せてみたが、稜線上で何やら蠢いている影しか見えなかった。

「よう見えぬ」

私は呻くように言った。だが、頬を寄せ合うように、外を眺めていたカゲイとクルーガはごくりと喉を鳴らし、

「いますな」

「うむ、大軍である」

「千、いや、千二百はいる」

「ようも掻き集めたものよ」

などと低い声で言い合っている。ゴブリンもヴァンパイアも暗夜に強い。私に見えないものが見えているのだ。訊くのも癪なので、私も難しい顔で闇を睨みつけた。

やがて東の空が白み始めて、私にも敵の姿がはっきり見えるようになった。

北西の小高い丘に、楯が並べられ、黒々と人数が蝟集している。

流し旗が数旒見えた。いずれも涼しげな水色だが、風もないので項垂れたままだ。

「ゴブリンばかりではないな」

私は誰に言うでもなく呟いた。ざっと見た限りでも、人間、エルフ、ドワーフ、リザードマン、

オークなどが具足に身を固め、忙しく立ち働いている。

「むう、あれは」

カゲイが呆れたような声を上げた。

「オウガまでおる。オウガが傭われておるとは珍しや。ザイルめ、いかい銭を積んだと見ゆる」

「何処だ」

「ほれ、左端の旗の下に」

そこには一際大きな人影が腕組みしてこちらを睨んでいる。乱れた長髪から突きでた角が二本、間違いなく鬼人だ。亜人の王と呼ばれる種族。巨体に比類なき怪力を備え、単騎で戦局を変えると言われる伝説の戦士。孤高を誇る故に何処にも服わぬと聞いていたが。

「あれがオウガか」

確かに強そうだ。バイラより強いのか、などと益体もないことを考えていると、ふいにオウガが利剣のように鋭い視線をこちらに向けた。

「ひっ」

私は思わず跳ねるように身を反らした。

「どうした」

「い、今、奴めがこちらを見た。目が合った」

「まさか」

「いや、目が合った。奴め、笑いおった」

「なにを烏滸なことを」

わかるわけがなかろう、と小さく笑った。カゲイも苦い笑みを浮かべている。

「う、うむ、そうだな」

私は気を取り直して覗き穴に目を戻した。どうやら、緊張と疲労で神経がささくれているようだ。

「それにしても」

ばつの悪さを紛らわそうと私は言葉を続けた。

「敵ども、何処か楽しげだな」

祭礼のように賑やかだ。微かに笑い声まで聞こえてくる。そうこうしているうちに、楯の列から数騎が飛びだして、縄を投げてカゲイらが残した羊を捕らえた。甲高い羊の悲鳴が響き、敵陣でどっと歓声が上がった。

「呑気なものよ、朝駆戦とは思えぬ」

「甘う見られたものだ」

カゲイが歯軋りしている。

「だが、士気は高そうだ。油断すまい」

クルーガが呟いた。

敵陣で掛け声が聞こえ、兵の動きも慌ただしくなってきた。

「そろそろ仕掛けてくる」

クルーガの声で壕内が黙り込んだ。入り口に屯する者らも息を詰めた。私は、低く長く息を吐くと、自分に言い聞かせるように告げた。

「始めるぞ」

監視壕から出ると同時に、敵方から法螺貝が鳴った。

私は土塁の斜面を駆け上り、改めて敵勢を見た。敵陣から、大音のゴブリンが騎馬で進みでて台形の筒を口に当て、

「よう、ヌバキの衆よう」

と呼びかけてきた。

「かような破れ家、捨て置いても良かったが、ザイル様が御所望にて受け取りに参った。逃げんとする者は特に許してつかわす故、降参して出て参れや」

五丁近く離れているというのに、よく通る声だ。本来ならこちらも誰かに応じさせるところだが、私は詞戦を禁じていた。

誰も応じないことに焦れたか、

「恥もなくこのような鄙な地まで逃げ落ちて、言葉も忘れたと見ゆる」

敵陣がどっと沸いた。

「己、言わせておけば」

恥という言葉を聞いて、ヒゲンが一歩前に出ようとするのを、

「やめよ、雑言無用じゃ」

カゲイが叱り飛ばした。が、彼も悔しげに顔を歪めている。

私は顔を上げ、

「バイラ」

「は」

「鬨を作れ。兵どもを奮い立たせよ」

「承知」

　にっと笑顔を作って斜面を数歩下がるや、ミノタウロスはぐるりと首を巡らせて柵に立つ兵らを見回し、

「者ども、鬨を作れや」

　獅子吼するや金撮棒を振り上げた。

「良いか、良いか、良いか」

　一拍置いて、

「応」

と皆が拳を上げた。

　鬨は最初は小さくか細げだったが、何度も繰り返すうちに次第に大きく鋭くなっていった。ミュルミドンやスケルトン・メイジまで拳を振っている。皆の声は天を衝き、屋形が揺れるかと思われた。実際は揺れたりしないが。

　私は満足して再び敵陣に目を向けると、埒が明かぬと思ったのか、大音の者の姿は消え、かわって弓の者どもが進みでて、楯の後ろに並び始めた。ほとんどがゴブリンだが、中には背の高い者も交じっている。恐らくエルフ、弓に長けた亜人だ。楯の列を押しだし矢戦を挑む積りなのだ。

「バイラ、もうよい。止めよ」

　私の声にバイラは大きく頷くや、

「各々、持ち場につけ。下知あるまで動くべからず」

一斉に鬨の声は熄み、再び沈黙が流れた。遠く馬の嘶きと犬の声の他、何も聞こえない。だがそれは、恐れからではなく、溜めた力を解放する刻を待つ緊張に思えた。あくまで私がそう思っただけだが。

そのとき、にわかに突風吹き起こり、私は土埃で目も開けられぬようになった。堪らず私は土塁の斜面に身を隠した。

「いかん」

とバイラが呻き声を漏らした。

「敵に風使いがおる」

「何だと」

だが、私の声は誰かの叫び声に掻き消された。

「敵が放うたぞ」

目を向けると、敵陣から黒い塊が宙に湧き上がるのが見えた。それが矢の群れだと気づくまで、暫くかかった。

「殿、物陰へ」

バイラが短く叫んだ。

まさか、ここまで五丁はある。届くわけがなかろう。答えようとした私は後ろから誰かに押し倒された。

見上げると、テラーニャの大蜘蛛の胴が覆うように圧し掛かっている。

「テラーニャ」

「主様、黙って」

テラーニャが顔を寄せ、囁くように言った。不覚にもいい匂いがして、私はほんの一瞬だけ戦を忘れた。

が、すぐに気を取り直して、私は目を動かして天を仰いだ。一瞬、日に雲がかかったように天が暗くなった。

「まさか」

次の瞬間、ざっと音がして、ほとんど垂直の角度で矢の群れが柵の内側に降り注いだ。何処かで誰かが甲高い悲鳴を上げた。

「殿様、さあ」

呆然とする私は、ぐんと手を引かれて立ち上がった。

「テラーニャ、殿を監視壕へ」

遠くで、バイラが怒鳴っている。

「皆、楯を寄せよ。楯を頭上に掲げて矢を防げ。いずれ風は収まる。持ち場を離れるな」

テラーニャが私を抱きかかえるように斜面を下り、まるで荷物のように監視壕に放り込んだ。何処から持ってきたのか、ヴァンパイアたちが楯を手に集まってきて、手際よく楯と楯に掛け金をかけ、隙間を塞ぎ、即席の掩蓋を作っていく。

その間にも、間隔を置いて矢は降り続け、そのたびに悲鳴が聞こえた。

やがて、カゲイら数人のゴブリンたちも走り寄ってきた。忌々しい顔で雨宿りするように空を見

上げている。最後にバイラが身を屈めて入ってきた。開口一番、

「いやはや、敵に手練れの風使いがおるようですな」

肩甲に立った矢を無造作に引き抜き、まるで他人事のように言う。

「大事ないか」

私は心配になって訊いた。が、血濡れの鏃を私の目の前に突きだし、

「余り鍛えの良うない鏃で助かり申した」

笑いながら投げ捨てた。

雨霰と遠矢が降り注ぐ中、

「小隊陣地はどうだ」

私は訊いた。

「一小隊と四小隊陣地も矢を受けている」

クルーガが落ち着いた声で答えた。北と西の陣地も射撃を受けているという。

「縦深打撃か」

「そのようだ」

「無事であろうか」

「小隊の掩体は軽掩蓋。こちらより安全だ」

「ふむ」

私は気を取り直し、なんとか状況を摑もうとした。緒戦の劣勢は受け入れなければならない。

周りを窺うと、ゴブリンもミュルミドンも楯を傘にして身を寄せ合っている。

「櫓のゴブリンたちはどうだ」

私の言葉に、カゲイがぎくりと顔を向けた。

「楯の陰に隠れているはずだ」

とクルーガが言う。

「降ろさねば」

「いや、今降ろすのは却って危ない」

「わかった、風が収まったら速やかに降ろさせよ」

「ああ、そうしよう」

ちらと横に目を向けると、カゲイが小さく頷くのが見えた。

「風が罷んだならば弓は射線に戻れ。長柄はその間につけ。敵一丁に迫るまで放つべからず。味方が柵より出て敵と争うに及べば弓を下げよ。敵、柵に取り付きたれば、屋形の線まで引き候え。

これ全て、我が殿ゼキ様の御下知なり」

強風に抗ってバイラが叫んでいる。この風では恐らく聞こえまい。だが、何かしらの指示を出す姿勢を見せることで、兵たちの士気を保とうとしているのだ。

その向こうから、三名のクレイ・ゴーレムを引き具してサイアスが僧衣を翻しながらこちらへやってくるのが見えた。

ゴーレムに数本の矢が立っている。が、ゴーレムもサイアスも小雨ほども気にしていない。サイアスはしきりに観音帽子を押さえている。矢より帽子が風に飛ばされるのを心配しているように見えた。

「何故、あ奴は平気なのだ」

リッチも矢に当たれば普通に死ぬ。アンデッドなので最初から死んでいるのだが。

「ああ」

クルーガはサイアスを暫く眺めていたが、

「リッチは気にしないのだ」

達観したような顔をした。

「どういうことだ」

「自分の生死に余り関心がない」

「何だと」

「大丈夫だ、これくらいで奴は死なぬ。そこまで運がいい奴ではない」

「意味がわからぬ」

「言うてもわからんさ、殿はアンデッドではない」

木で鼻を括るような口調で、クルーガは悲しそうに微笑んだ。

サイアスは私の前に来ると、

「ゴーレムを連れてきた。今の主には必要だろう」

私はサイアスが何を言っているのか理解できなかった。

私の困惑を察したのか、

「ゴーレムに矢は効かぬ。矢襖ぎに連れてきた」

「お、おう。助かる」

私の返事に、サイアスが小首を傾げた。最近知ったことだが、このリッチは、機嫌がいいとこの仕草をする。

「風使いだが」

首を戻してサイアスが訊いた。

「我らが相手するか」

「いや、お主らの存在が露見するとまずい。敵に法撃兵がいると厄介だ」

サイアスは黙っている。リッチには相槌を打てるほどの社交性はない。

「モラスは何か言うておるか」

私は無造作に突っ立っているサイアスに訊いた。

「まだ何も確認できぬそうな。最初からおらぬのか、隠形を決めて機を窺うておるのか」

「そうか」

私はサイアスに向き直り、

「ならば万事手筈通りにせよ。どうせ、あと三十分もすればこの矢も止む」

「わかった」

来たときと同じように、ふらりと揺れてサイアスが去っていった。

その背を見送っていると、ふいにサイアスが片手を振るように軽く上げた。私を元気づけようとしてくれていると思ったが、矢を払い落としただけだった。

私の予想に反して、敵の射撃が開始されて一時間、敵の矢は間隔こそ開いてきたものの、風は衰えることなく吹き続け、何時になっても頭を上げられない。

「奴らの矢は無尽か」

どうやら敵は徹底して矢戦を挑む積りのようだ。

「敵の風使いは余程の達者のようで」

突然、前方で鯨波が上がった。

「一小隊の柵に先手が掛かるぞ」

覗き穴にかじりついていたハマヌが声を上げた。

見ると、押し太鼓とともに、水色菊菱の旗を立てて二百ばかりの兵が進んでくる。ゴブリンの姿は見えなかった。大半が銭で飼われた傭兵なのだろう。

白抜きの菊菱旗は柵の外に出ていたナーガ兵らと衝突し、一部が一小隊の堀を渡って柵に手をかけた。

ナーガ兵たちが整然と柵の中に引き退く。ドワーフが柵の横材に斧を振るい、オークが柵を引き抜こうと手をかけた。

そこに、ナーガ弩兵の一斉射が起こった。寄せ手の兵がばたばたと倒れる。顎を射貫かれたりザードマンが奇妙な舞踏のように回転しながら倒れ伏した。

再び弩の斉射。

「おお、敵が退く」

柵際に死骸を残し、菊菱の旗が弩の矢を避けて僅かな窪みに沿って下がっていく。

「いや、入替の兵が来る」

水色地に三日月の旗を押し立てた第二陣が、いつの間にか一小隊と四小隊の柵に近づいていた。一小隊の正面に二百、左手の四小隊の正面に百ばかり。今度はゴブリンも入り交じり、前面に楯を並べ、声を励ましてじりじりと近寄ってくる。ナーガ兵らも弩を放っているが、太矢は楯に阻まれ、敵の足は止まらない。

「敵は馬一筋ではないのか」

監視壕の中に衝撃が走った。

一小隊陣地に向かう敵の中に、オウガが見えた。大身槍を手に、中軍に位置して兵たちに声をかけている。

「あれが敵の本命か」

「恐らく。四小隊正面の敵は腰が引けておる」

ただの牽制だろうとクルーガが言った。そのとき、

「やや」

突然、カゲイが頓狂な声を上げた。

「どうした」

「一小隊の堀の中に、先手の兵が潜んでおる」

陣地防御において、最も警戒すべき敵は騎兵ではない。徒歩の弓兵弩兵であり、長柄の徒歩武者である。馬防ぎの障害を難なく抜け、柵に忍び寄る一人働きの敵は、守備側にとって厄介な存在なのだ。その剣呑な連中が堀の底に伏せて機会を窺っている。掩体に籠る一小隊からは死角で視認できない。

「むう、少し早いがやむを得ぬか」

私はバイラを振り返り、

「一小隊に合図せよ」

私の叫び声に、

「よう候」

バイラは白旗を手に、斜面を駆け上った。

土塁の上辺から、白旗が盛んに振られる。

「もうよい、狙われるぞ」

楯の陰から私は叫んだ。バイラが斜面を滑り落ちて引き返してくる。その背後で、先刻まで立っていた斜面に数本の矢が立った。

「ネスイめ、気づいたか」

確かめるように私は呟いた。

「大丈夫、旗は見えたはずだ」

励ますようにクルーガが応じたが、彼も何処か不安げだった。

「では法兵群に、サイアスに下知を。今から五分後に始めよ」

「心得た」

大楯の支え木を軽々と肩に担いでクルーガが走り去った。

一小隊陣地では、敵の攻撃が続いている。

既に敵の楯は堀際に迫り、相撃を恐れてか、敵の弓の掩護は止んでいる。

そこに、素槍が堀からするすると伸びて、射撃を続ける掩体の狭間に突き刺さった。

「いかん、やられた」

誰かが短く叫んだ。

赤い植毛の兜に赤い鬼面の異形の武者がのそりと起ち上がった。槍に足を掛けて柵を登っていく。勇敢にも柵の上で静かに左右を見回していたが、味方に手招きし、槍を杖にして飛び降りた。

「舐め切っておる」

ゴブリンの誰かが悔しそうに呻いた。と、壕から数本の薙刀が突きだされ、その奴の胴を薙いだ。

監視壕の中で小さな歓声が上がった。

だが、既に敵は柵を押し破り、白刃を振り上げた敵兵が次々に壕に飛び込んでいく。それを押し返そうとするナーガの突撃兵との間で剣戟の甲高い音と怒声が沸き起こったが、敵の大群に呑み込まれたか、すぐ静かになった。

「馬鹿者め、何故柵を捨てぬ」

私は思わず歯嚙みした。歯が軋む嫌な音が響いた。やがて、敵兵の一部がこちらへ楯を並べ始めた。その中央で、オウガが大声で何事か指図している。

交通壕の隔壁を破ろうとしているのだろう。掛矢の鈍い音が風に乗ってここまで聞こえてきた。

「まだか」

私は焦りを抑えきれなくなっていた。隔壁が破られれば、奥に逃げ込んだナーガ兵らは皆殺しになる。

「殿様、御安心を。全ては手筈通りに」

テラーニャが私を励ます。しかし、何処にそんな保証が。そのとき、

「始まったか」

バイラが低い声で告げた。次の瞬間、凄まじい轟音と衝撃波を発して、地面が盛り上がるような感覚とともに、第一小隊陣地が爆発した。

最初に着弾したのはリッチの法弾だった。敢えて起爆時期を遅らせて放たれた軍団法兵の三発の重法弾は地中深く侵徹し、そこで爆発した。塹壕陣地が下から突き上げられたように鳴動する。続いてスケルトン・メイジの法弾が地表で次々に炸裂した。

恐れていた悲鳴は聞こえなかった。それほどに法兵群の法撃は破壊的だった。

第一小隊陣地だった小高い堆土の丘は、一瞬で死の静寂に包まれた。

だが、サイアスらの法撃は止まらない。無慈悲にも屋形前の広場に構えた射座から赤い光の軌跡が天空に駆け昇り、鋭い唸りとともに軌道を修正しながら一小隊陣地へ突き刺さって再び爆音が轟いた。

リッチの法撃の発射速度は低い。だが、その威力は破滅的だ。二斉射目から地表起爆に切り替えたリッチの法弾は、柵を空へ放り上げ掩体を押し潰していく。

「あれでは誰も助かるまい」

バイラが震える舌で呟いた。

「まさか、御味方の陣地を無差別法撃なさるとは」

カゲイが血の気の失せた貌で呻いた。

私は、通敵を恐れてゴブリンたちに教えていなかったことを思いだし、

「ナーガどもは地中深くの待機壕に退避させておる」

と冷静を装って答えた。が、私だって本当に大丈夫なのか自信はなかった。

法撃は永遠に続くかと思われたが、実際は十数分で終わった。予め定めていた手筈通りだったが、私自身法撃が止んだことを信じられなかった。

「むう、あ奴、まだ生きておる」

バイラの声に目を凝らすと、残骸の中に大きな影が立ち尽くしている。あのオウガだ。具足は破れ大身槍も失われ、全身が血に濡れているが、腕を振って何事か罵り声を上げている。

「奴め、化け物だな」

そこへ、サイアスらの斉射が降り注いだ。待ち構えていたようなリッチ一個小隊とスケルトン・メイジ一個大隊の法弾の同時弾着。私たちの見ている前で、今度こそオウガは全身を引き千切られて四方に肉片を散らした。

私たちは、やっと目の前の空間に広がる凄惨な光景に息を呑んだ。そこら中に黒い塊が転がっている。僅かに残った柵に引っかかっている塊は引き裂かれた体の一部だ。第一小隊陣地だった地形一面に死骸がばら撒かれている。法撃の着弾で掘り返され、鉄錆に似た濃い血の臭いと肉の焼けた臭いが混じりあい風に乗って漂ってきた。

不運にも生き残った負傷者の微かな呻きと泣き声を除けば何も聞こえない。ここにいる生者全員が、自分たちが作りだした地獄に沈黙する中、いつの間にか戻ってきたクルーガが私の肩に手をのせた。

「サイアスが敵本隊に射程を伸ばす」

「敵の法撃兵は」

私はやっと言葉を絞りだした。

「敵に法撃兵はいないようだ。おればとっくに撃ち返しておるはず」

「う、うむ、そうだな」

背後から法弾独特の飛来音が聞こえ、敵本隊の前方にまばらに着弾するのが見えた。事前に十分に観測していた一小隊陣地に比べて弾着が粗い。先ほどに比して爆発は小さかった。出力を落として探り撃ちしているのだ。弾着が本陣を捉えたならば、全力で効力射に移る。怯えた馬の嘶きがここまで聞こえる。観測についたモラスが修正射を指示しているのだろう。一時法撃が止んだ。

「奴ら、これで諦めて退いてくれればよいが」

私は誰に問うでもなく呟いた。

「向こうが希代の腰抜け揃いならば、そうでござろうな」

バイラが他人事のように鼻を鳴らした。

「やはり寄せてくるか」

敵の選択肢はひとつしかない。こちらが法撃できぬよう、全速で彼我の間合いを詰めて屋形を囲む柵に取り付き、数の優位をいかして陣内戦に持ち込むのだ。

「無論」

バイラの言葉を裏付けるように、にわかに強風が罷み、敵陣が慌ただしく動きだした。太鼓の音とともに、楯の間から人馬の塊が駆けだしてくる。

「敵の弓が止んだぞ。者ども、持ち場につけや」

バイラの胴声（どうごえ）が柵の内に響き渡った。

射線に並んだゴブリンらが柵の隙間に矢箱を置き、ミュルミドンが長柄槍（ながえのやり）の穂先を柵の両側から突きだして交差させた。ミュルミドンの三間柄の穂先は堀の底まで軽々と届く。屋形の堀の法面（のりめん）は、この長柄槍（ながえのやり）の長さを前提に設計されている。

「櫓（やぐら）の兵を降ろされい」

私の言葉に、カゲイに従っていたゴブリンたちがぱっと散った。

「それがしも柵に立ち申す」

カゲイが肩から弓を外し、

「それではゼキ殿、御武運を」

喚（わめ）くように言い残して足早に走り去った。

蹄（ひづめ）の音はどんどん勢いを増し、雄叫（おたけ）びまで聞こえてきた。私は再び土塁を登ろうとして、テラーニャに止められた。

「殿様、指揮所に入られませ」

「指揮所では敵が見えぬ」

私だけ敵から隠れるようで心苦しいこともあったが、それより戦況をこの目で見ることができない恐怖のほうが大きかった。

「なれど、その鎧（よろい）は目立ちまする」

大将の印のようなもの、とテラーニャはなおも言った。

「お主らがこれを着せたのであろうが」

「それは」

テラーニャが言葉に詰まった隙に、私は斜面に足をかけた。背後でゴブリンの犬たちが咆哮している。バイラがすぐ私に追いつき、

「敵が堀際に至らば、せめて屋形までお下がりいただく」

有無を言わせぬ口調で言い、

「テラーニャ殿、頼んだぞ」

「ええ、我が身にかえましても」

テラーニャが大きく頷いた。どうも私の意向は考慮されていないようだった。

間もなく、敵が馬を励まして突進させ、堀に入ってきた。ゴブリンの防ぎ矢をものともせず、堀底の逆茂木や乱杭を器用に避けていく。だが、それでも躱しきれず落馬する者も出た。それほどに敵の騎兵は堀に充満していた。

馬が転倒し、乗り手を振り落とし、堀の内は恐ろしい絶叫と苦悶の悲鳴に満ちた。乱杭を飛び越そうとした馬が、先を尖らせた棒杭に串刺しになった。その横を、徒歩のオークが大斧を肩に走り抜けていく。

馬から飛び降りた敵が斜面を駆けて柵に取り付き始めた。盛んに槍や薙刀を突きだし、柵に綱付きの鉤をかけ、馬に牽かせて引き倒そうとしている。させじと柵の間から矢を放っていたゴブリンが射返されて転げ落ち、突きだされたミュルミドンの長柄を敵の長柄が叩き返す。

「落ち着け、徒矢を放つべからず」

「敵に鉞を使わせるな」

誰かが大声で叫んでいた。

「殿様、こちらへ」

楯を掲げたテラーニャが私の手を引いた。

「うむ」

私の周りをクレイ・ゴーレムが囲む。私は玄関前の大楯の内に入って叫んだ。

「大手門は無事か」

「心配ない、ストーン・ゴーレムが詰めている」

クルーガの声に首を巡らすと、ゴーレムらが大手門の閂を押さえている。

「お、おう」

私が返した瞬間、破裂音とともに門扉が砕け、ゴーレムが吹き飛ばされた。咄嗟にテラーニャが私の体を抱き止めて爆風から守った。

「何だ」

「むう、法撃兵じゃ」

バイラが叫んだ。

「直協の二等魔導兵だ。今まで隠しておったのか」

遠距離間接法撃を得意とするリッチら一等魔導兵に対して、随伴法兵とも呼ばれる二等魔導兵は近距離の直接法撃しかできない。だが、破壊力では決して引けを取るものではない。

「彼奴ら、魔導兵を温存しておったか」

大手の櫓が裂けるような音を発して崩れ落ちる。その土煙の中から、騎馬の者たちが現れでた。

いや、騎馬ではない。ケンタウロスだ。肥馬の肢体を持つ半人半獣の亜人。生まれながらの騎兵。全身を鎧（よろい）で固めているが、その軽快な動きは装甲の重さを感じさせない。

門の残骸を跳ね越えて現れたケンタウロスは三騎。彼らは倒れ伏したストーン・ゴーレムの肩の間に手際よく馬上槍（やり）の穂を突き刺していく。ゴーレムの弱点である魔石はそこにある。

「一番に乗りたるはクアラスのザンガス。この名を記せ」

鍬形（くわがた）の前立のケンタウロスが槍（やり）を頭上に掲げて叫んだ。おうと柵の外から歓声が上がった。

「己」

バイラが金撮棒（かなさいぼう）を振るって進みでようとするのを、

「待て」

クルーガが止めた。

「このまま好き勝手させてよいものか。大手を敵に奪われるぞ」

唾を飛ばすバイラに、

「サイアスに任せよ」

クルーガが抑えた声で答えた。

見ると、スケルトン・メイジらが進みでて放列を作ろうとしている。

それを目敏（めざと）く察したケンタウロスが、

「法撃させるな。間合いを詰めよ」

叫んで駆けだそうとする脚が止まった。半ば残骸と化したストーン・ゴーレムたちが、欠けた腕を伸ばしてその蹄（ひづめ）を握り、その胴に手を伸ばしている。

「己、木偶どもめ」

ケンタウロスたちが槍を振るおうとした次の瞬間、メイジらの斉射が大手門に叩きつけられた。

再び大手門の残骸が爆発し、砕けた木材の破片が四周に撒き散らされた。

「やったか」

楯から顔を上げてよく見ようとした私の肩に、テラーニャが手を置いた。

「殿様、伏せて」

「どうした」

訊こうとしたそのとき、敵方から土埃を抜けて数発の魔法弾が飛来した。衝撃波で埃が吹き散らされ、大手の向こうに蝟集する敵勢が見えた。敵意でぎらぎらした目がこちらを射すくめるように輝いている。

刹那、今度はこちらから三発の法弾が放たれた。数は少ないが大きさは段違いだ。リッチたちが最大出力で発法したのだ。

二群の法弾は空中ですれ違い、それぞれ着弾して死と破壊を撒き散らした。

車軸を外して防塞として並べた荷車が砕けて木片を散らし、数名のスケルトン・メイジが吹き飛ばされて倒れ伏す。が、敵のほうがより悲惨だった。サイアスらの法弾は敵の楯陣を易々と貫き、隊列の真ん中で炸裂した。

悲鳴とともに吹き飛ばされた敵兵の体の一部が血の雨とともに降り注いだ。大手前の空間はたちまち阿鼻叫喚の地獄と化した。生き残った者たちが意味不明の叫び声を上げながら後退していく。しかし、

「怯むな、者ども、仕寄れや。次弾を放たせるな」

怒声に励まされた新手の騎兵の群れが、おめきを上げて次々に殺到してくる。

「御免」

バイラが叩きつけるように言うと、金撮棒を肩に駆けだしていった。その広い背中が何故か儚げに見えて、やっと私は恐怖で全身が震えていることに気づいた。

既に柵の一部は破られ、そこからも敵の騎兵が突入してきた。一騎の騎馬のゴブリンが喚声を上げて燃える松明を荷車の防塞に投げ入れ、その直後にミュルミドンの長柄がその胴を刺し貫いた。その者はもんどり打って落馬し、兜が頭から転がり離れた。

巨大な犬が顎を血に濡らし、唸り声を上げて次の獲物を探している。

騎馬も徒歩も多くの敵が柵の中へ入り込んでいて、屋形に火を放とうと駆け回っている。これに対抗してカゲイと部下のゴブリンたちが勇猛果敢に戦っていた。

私の目の前を、長柄槍を構えたミュルミドンが駆けていった。よく見ると、その頭は首の皮一枚で自分の胸に垂れ下がっていた。彼は数歩走ってから糸を断たれたようにぱたりと倒れ、それきり動かなくなった。


「殿」

クレイ・ゴーレムとヴァンパイアたちが作った円陣に、アルゴスのモラスが音もなく滑り込んできた。

「どうした」

「サイアス殿が、もう観測は無用故に、殿の許へ参れと」

来られても困るとは言えなかった。今や柵の外も中も水色地の袖印をつけた敵で埋め尽くされ、乱戦へ移行している。もはや私には命じることも、やるべきこともないように思われたが、それを部下に悟られるわけにはいかなかった。

「敵状はどうだ」

私はモラスに訊いた。我ながら馬鹿な質問だ。見ての通りではないか。

「敵は兵を大手に集め、次々に柵内に寄せております」

「待て」

私は改めて百眼の巨人を見上げた。

「集中しているだと」

「然り。敵の旗は全て柵の内に」

敵の本陣まで入ってきているのか。敵は数を恃み一挙に決せんとしている。

「では四小隊陣地に寄せておる敵は」

「それも囲みを解き、ほとんどが大手へ移動しておる模様」

「ふむ」

私は大手を見つめた。敵兵が声を荒らげて続々と突入してくる。

「テラーニャ」

「あい」

テラーニャが顔を寄せてきた。

「外の第二、三、四の小隊長に告げよ。速やかに陣所より打ち出でて、柵外の敵を大手に追い込め」

「何を仰せられます」

テラーニャが眉を顰め、

「妾は殿のお傍に」

私は手を伸ばし、抗議の声を上げる彼女の口に指を当てて塞いだ。

「良いか、柵を越えて小隊陣地に私の下知を届けられるのはお前しかおらぬ」

「でも」

私は面具を投げ捨て、テラーニャの顔を見つめた。

「頼む、ここが峠だ。お前が行かねば我らは雪隠に詰められて皆殺しになる」

テラーニャは思い詰めた眼で私を見ていたが、きっと眉を上げ、

「あい」

そう言い残し、八本の脚を撓め、次の瞬間に低く飛び去った。

美しい銀の大蜘蛛が矢を避けながら風のように柵へ向かうのを見届けると、今度はモラスに顔を向け、

「本丸のザラマンダーと二の丸の龍牙兵どもに伝えよ。隊伍を組んで地下から打って出よ、と。他の柵のゴブリン、ミュルミドンも見張りを残して大手の敵に攻め懸けさせよ」

「よろしいので、ザラマンダーと牙兵は迷宮戦の後備では」

モラスが怪訝な顔をするのを、

「黙れ」

一喝して黙らせた。テラーニャに対するほど優しくはなれなかった。

「早うせよ、勝機を逃すな」

私の怒鳴り声に、

「ははっ」

モラスが炎に舐められて火の粉を散らす屋形へ転がるように駆け入った。

「ジニウ」

「ここに」

楯の影からシャドウ・デーモンが上半分だけ顔を出した。

「汝らも行け」

「畏まった」

それだけ言い残し、ジニウはそのまま影に沈んだ。

「どういう積りだ」

段取りと違う、とクルーガが不審を露に訊いてきた。

「敵は大手口より入り込んできている」

私は自分の企みを確認するように言った。

「ああ、その通りだ」

「今、敵は一気に決着せんと総懸かりで大手に集まっておる」

「だから何だと」

「その背後を塞げばどうなる」

クルーガが不可解な顔をしたので、私は自分の考えが間違っているのかと秘(ひそ)かに心配になった。

不安を拭い去るため、私は一語一句言葉を選んだ。

「彼奴(きゃつ)らは袋の鼠(ねずみ)だ。ギランどもを呼んだは袋を破らせぬためよ」

「鼠(ねずみ)か」

クルーガは眉を寄せて考えるふうだったが、

「美味(うま)そうだな」

そう言ってにたりと笑った。

え、納得するのはそこなのか。私はどんな顔をすべきかわからなかったので、

「おう、そうだな」

負けじと不敵に笑うことにした。鼠(ねずみ)など食ったこともないのだが。

私は大きく溜息(ためいき)をつくと、地に坐(すわ)り込(こ)み、兜(かぶと)の庇(ひさし)を上げて汗を拭った。打てる手は全て打った。

これでもう本当に私がやれることは何もない。

「大丈夫か」

クルーガが無理に薄ら笑いながら訊(き)いてきた。

「大丈夫に見えるか」

「ああ、大丈夫だ」

「そうか」

言い返す気にもなれず、私は項垂(うなだ)れた。正直、疲れ切っていた。そのとき、頭にがんと衝撃を受

けて筋兜が擦れ、視界に火花が散った。畜生、今度は何だ。驚きより苛立ちが勝った。

「弓だ」

クルーガが叫んだ。それでやっと、斜めに入った敵の矢を兜が弾いたと知った。

視界の隅で、クレイ・ゴーレムが私を庇おうと手を伸ばす。

「あそこだ。楯の間を射通された。手練れだ」

クルーガの声に目を向けると、土塁の上で敵兵が弓を構えている。ゴブリンではない。緑色の単衣に革甲の白い顔、目も眩む黄金色の長髪、その長耳。エルフの女だ。

「来るぞ。頭を下げろ」

クルーガが私をクレイ・ゴーレムの陰に押し込んだ。が、

「いかん、風使いだ」

その声とともに、凶悪な平根鏃が斜め左から吹返の内に入り、私の右目の下を裂いて錣を貫通した。風で矢の軌道を大きく捻じ曲げ、死角から私を狙撃したのだ。

「ニキラ、ログニ」

クルーガが短く叫んだ。

二人のヴァンパイアが、楯の内でふっと低く構える。たちまちその身体が崩れ、中身を失った道服と腹当が地に落ちた。先刻までヴァンパイアがいた空間に、黒い霧の塊が浮かんでいる。ニキラとログニ、二人分の霧だ。二つの黒霧は、狼が駆けるように、燕が飛び立つように速度を上げ、女エルフに突進した。

黒い霧が自分に向かって迫るのは見えていたはずだ。だが、豪胆にも風使いの女エルフは三の矢

した。

の構えを解かない。純粋な殺意を込めた瞳が私を射貫く。私は彼女から目を離せず、己の死を確信した。

エルフが矢を放つのとニキラの霧が彼女を捕らえたのはほとんど同時だった。

私は胸に強い衝撃を受け、崩れるように地に転がった。息を吸えない。苦労して目を向けると、胸板にエルフの矢が真っ直ぐに突き立っている。私は己を仕留めた女を一目見ようと、兜を投げ捨て、なんとか首を捻じ曲げた。

私は見た。エルフの首筋に喰らいついたニキラが、怒号とともにその恐るべき膂力で細い肢体を縦に引き裂くのを。喧騒の中で、何故か彼女の長く高い断末魔がはっきり聞こえた。

と、魔法の炎が舐めるように伸びてきてニキラの体を捉えた。今度はニキラが悲鳴を上げ、黒い霧になって逃れようとしたが、炎はその霧までも余さず燃やし尽くしてしまった。

実体化したログニが、ニキラを焼滅した魔導士に絶叫とともに飛び掛かり、その首を刎ね飛ばした。

「ラミアを、救護兵を呼べ」

頭の上でクルーガが狂ったように叫び声を上げている。とすると、後頭部に感じている柔らかいものはクルーガの膝か。参った、ヴァンパイアの膝枕で死ぬとは。私は苦笑を抑えきれなかった。テラーニャを行かせるのではなかった。

私は長々と嘆息した。吹き抜けていく風が焦げ臭い。

「ザイル様御討ち死に、ザイル様が討たれたあ」

突然の声に目を向けると、頭から血を流し、具足を脱ぎ捨てた半裸のゴブリンが、子供のように泣き叫びながら倒れた柵を越えて駆け去っていくのが見えた。

そうか、ジニウが仕事をしたようだ。だが、それはまるで自分とは関係ない遠くの出来事のように思えた。

「ギランらが押しだしたぞ。押し返している」

遠くでクルーガが喚(わめ)いている。

「大手は、大手はどうなった」

遠くなる意識を無理矢理搔(か)き集(あつ)めて私は問うた。

「ナーガどもが楯(たて)を並べて抑えている。敵に逃げ道はない」

「そうか」

私は安堵(あんど)に包まれて目を閉じた。もう目を開く必要はない。

「眠るな、ゼキ、目を開けろ」

クルーガが耳許(みみもと)で怒鳴っている。このヴァンパイアがここまで取り乱すのは初めてだ。私は妙に楽しくなって、二度と目を開けまいと誓った。

「柵を越えて逃げる敵は捨て置け。ただ大手の敵を押し包んで討ち取るべし」

バイラの野太い怒声まで聞こえてきた。あ奴(やつ)はいつも喧(やかま)しい。

リッチかスケルトン・メイジか、発法音と爆発音が交錯している。

「煩(うるそ)うて死ねぬではないか」

そしてこれが私の最後の記憶だった――

朽木外記（くちき・げき）

兵庫県出身。思うところあって2019年から小説投稿サイト「小説家になろう」で作品の発表を始め、本作でデビュー。

レジェンドノベルス
LEGEND NOVELS

城主と蜘蛛娘の戦国ダンジョン 1

2020年3月5日　第1刷発行

［著者］　朽木外記
［装画］　こちも
［装幀］　宮古美智代

［発行者］　渡瀬昌彦
［発行所］　株式会社 講談社
〒112-8001 東京都文京区音羽2-12-21
電話［出版］03-5395-3433
［販売］03-5395-5817
［業務］03-5395-3615

［本文データ制作］　講談社デジタル製作
［印刷所］　凸版印刷 株式会社
［製本所］　株式会社 若林製本工場

N.D.C.913 298p 20cm ISBN 978-4-06-518938-2

レジェンド
ノベルス
LEGEND
NOVELS